teamwechsel

„Ich kann spüren, wie du mich beobachtest. Ich hoffe nur, du bist ein Mädchen und nicht einer der betrunkenen Jungs."

Mir stockte der Atem. Ryan ließ seinen Arm locker über seinen Augen liegen. Mit der anderen Hand griff er nach unten und begann langsam über meinen nackten Oberschenkel zu streicheln, in Richtung meines Hinterns.

„Definitiv weiblich", schnurrte er wie ein Kater.

Panisch hielt ich seine Hand fest. „Einen Zentimeter weiter und du bist ein toter Mann, Hunter."

„Matthews?" Seine Stimme klang angenehm überrascht. Im Gegensatz zu mir wirkte er total entspannt.

Eine ungewöhnliche Hitze stieg in mir auf. Ich kam mir albern vor, weil ich seine Hand nicht losließ, doch ich hatte Angst, er würde sonst den Weg bis zu meinem Hintern fortsetzen.

Ryan nahm seinen Arm vom Gesicht und drehte sich zu mir. „Sag' schon, Matthews. Warum liegst du in meinem Bett, wenn ich dich nicht anfassen darf?"

Die Originalausgabe erschien 2012
unter dem Titel
PLAY WITH ME

Umschlagdesign: Piper Shelly
Umschlaggestaltung: Daniel Fellsner

ISBN: 978-1-481-93071-0

www.pipershelly.com

EBENFALLS VON PIPER SHELLY

RYAN HUNTER

Für dich, mein Schatz.

Als du mir den ersten Blick zugeworfen hast, und dabei dieses verführerische Lächeln auf den Lippen hattest, dachte ich, ich träume.

Gott sei Dank ging dieser Traum niemals zu Ende.

Und für Kevin.

Mein kleiner Spatz.

Ich weiß, es fällt dir nicht leicht, so oft auf mich zu verzichten, damit ich all diese Geschichten schreiben kann. Vielleicht wirst du sie eines Tages lesen und mich dann verstehen.

KAPITEL

1

ER HATTE NICHT einmal versucht mich zu küssen, und das obwohl wir praktisch den halben Sommer im selben Bett geschlafen hatten. Und dann war er weg. Für fünf endloslange Wochen. Bereits am zweiten Tag dachte ich, ich müsste sterben.

Aber heute war meine Qual zu Ende. Endlich kam Anthony Mitchell zurück. Mein bester Freund und zukünftiger Ehemann.

Nicht, dass ich ihn darüber schon informiert hätte; aber das war auch gar nicht nötig. Jeder wusste es und ich konnte es kaum erwarten, meinen Nachnamen Matthews gegen seinen einzutauschen. Tony und ich hingen schon seit dem Kindergarten gemeinsam ab. Wir waren unzertrennlich, außer für die paar Stunden jeden Tag, in denen er beim Fußballtraining war und ich Zeit hatte um, na ja, um zum hundertsten Mal in mein Tagebuch zu schreiben, wie sehr ich ihn liebte.

Liza und Tony, das war wie Bonnie & Clyde. Wie Lois & Clark. Wir waren M&M, ganz ehrlich.

Es läutete an der Tür.

Mein Herz klopfte mir bis zum Hals. Ich versuchte mich aus der Bettdecke zu befreien, die ich um meine Beine gewickelt hatte, während ich auf dem Bett saß und in meinem Tagebuch schrieb. Schließlich plumpste ich vom Bett, gemeinsam mit der Decke.

„Ich komme!"

Auf dem Weg nach unten kämmte ich mit meinen Fingern noch schnell durch mein langes, braunes Haar, um es ein wenig aufzupeppen, bevor ich die Tür öffnete. Ein Sonnenstrahl blendete mich und ich kniff die Augen zusammen, doch dann blickte ich in Tonys Gesicht. Seine blonden Strähnen hingen chaotisch in seine Stirn. Sie reichten beinahe bis zu seinen strahlendblauen Augen. Der Kragen seines weißen Hemds war offen. Ich musste mich schwer beherrschen, um nicht über das bisschen nackte Haut zu streichen, das zu sehen war.

Mit den Händen in den Hosentaschen stand er da und sah mich an. Dann verzogen sich seine Lippen zu seinem typisch verschmitzten Grinsen. „Worauf wartest du, Liz? Ich weiß doch, dass du es nicht erwarten kannst, mich zu umarmen."

Himmel! Mit einem breiten Lächeln fiel ich ihm um den Hals und gab ihm die Umarmung, die er erwartete. Er zog mich nach draußen. Ich drückte meine Wange an seine, während er mich unter der warmen Sonne im Kreis wirbelte. Oh, er roch so gut, von der Sonne geküsst und einfach nur nach *Tony*. Von diesem Duft bekam ich nie genug.

„Wie war's im Camp?", fragte ich, als er mich absetzte.

Er rümpfte die Nase. „Scheiß-langweilig ohne dich, was sonst?"

Ich lachte. „Ja genau."

Um ihn wirklich zu verstehen, musste man wissen, dass, abgesehen von Käsecrackern mit Mayo, Tonys einzige Leidenschaft Fußball war.

„Als ob…" Ich zeigte ihm die Zunge.

Tony schüttelte amüsiert den Kopf. „Wo sind deine Manieren? Wenn du mich küssen willst, dann sag's doch einfach."

Seine Nasenspitze stupste gegen meine. Ich schluckte den Drang hinunter, meinen Kopf zu neigen und ihn wirklich zu küssen.

Aber er veralberte mich ja nur wieder. Wir hatten uns noch nie geküsst. Regelmäßig schlief ich in seinem Bett ein, wenn wir wieder einmal bis tief in die Nacht auf seiner X-Box spielten, oder er schlief bei mir, wenn seine Eltern gerade beruflich durchs Land reisten. Es störte ihn nicht, wenn ich meinen Kopf an seine Schulter lehnte. Er spielte manchmal sogar mit meinem Haar. Aber ein Kuss? Nie.

Am Ende des Sommers würde ich siebzehn werden. Langsam kam ich mir etwas komisch vor, weil ich noch keinen Jungen geküsst hatte. Aber kein anderer als Tony würde meine Lippen berühren, und wenn er noch ein paar Monate brauchte, um einzusehen, dass er mich auch wollte, dann würde ich eben warten.

„Hey, sollen wir runterfahren zum Strand? Ich habe einen neuen Bikini und hatte noch keine Gelegenheit ihn ihm Wasser zu testen." Voll Vorfreude auf unser Wiedersehen, hatte ich den neongrünen Bikini heute Morgen angezogen. Ich zerrte den Kragen meines weißen T-Shirts nach unten, um ihm einen kurzen Blick zu gewähren. Grün war seine Lieblingsfarbe.

Tony knurrte wie ein Jaguar. „Es wäre mir nichts lieber als dich halb nackt zu sehen, Matthews."

Ich wusste genau, dass dies nur ein weiterer Versuch war, mich zu ärgern. Dennoch bekam ich eine Gänsehaut.

„Leider muss ich passen. Ich treffe gleich ein paar Freunde unten bei Charlies."

Meine Schultern sackten nach unten. „Wirklich? Du bist doch gerade erst gekommen. Hast du die Jungs nicht genug im Trainingslager gesehen?"

„Hunter möchte die morgige Qualifikation noch einmal besprechen."

Ich zog einen Schmollmund. Seit Ryan Hunter der neue Kapitän des Grover Beach High School Fußballteams war, hatten sich Tonys Trainingseinheiten verdoppelt. Und mehr Zeit fürs Training bedeutete weniger Zeit für mich.

Ich konnte Hunter nicht leiden.

„Kopf hoch. Warum kommst du nicht einfach mit? Du kennst sowieso fast alle aus dem Team. Den Rest stelle ich dir vor. Ich bin sicher, Hunter hat nichts dagegen." Tony gab mir keine Chance zur Widerrede, ja noch nicht einmal einen Moment Zeit, um meine Flip-Flops gegen richtige Schuhe einzutauschen. Er nahm meine Hand und zog mich quer durch unseren Vorgarten.

„Warte! Ich muss erst mein Geld holen."

„Brauchst du nicht. Eine Limo für dich wird mich nicht ruinieren."

Ich streifte mein Haar zurück und fixierte es mit einem Gummiband aus meiner Hosentasche. Wir spazierten die *Saratoga Avenue* runter zu Charlies Café und Restaurant.

Einige Jugendliche saßen an drei Tischen verteilt im Schatten des Holzdaches, das den halben Außenbereich überdeckte. Ich kannte einige von ihnen aus Tonys Team. Sasha Torres, Stephan Jones, Alex Winter. Der Arm von Nick Andrews war in Gips gepackt. Das Trainingslager hatte offenbar Spuren hinterlassen.

Was mich ein wenig überraschte, waren die vielen weiblichen Gesichter. „Was wird denn hier gespielt?" flüsterte ich Tony noch außer Hörweite der anderen zu. „Seid ihr jetzt auf gemischtes Training umgestiegen?"

„Ja. Cool, findest du nicht? Wir haben ein paar Matches gemeinsam in Santa Monica gespielt. Hunter dachte, es wäre eine gute Idee auch bei uns ein gemischtes Team auf die Beine zu stellen."

Einige der Mädchen kamen mir bekannt vor. Ich hatte Spanisch mit Susan Miller. Aber eine Handvoll von ihnen hatte ich noch nie zuvor gesehen. Wie dieses eine Mädchen, das plötzlich aufstand, als wir näher kamen. Mit ihren ekelhaft rot geschminkten Lippen küsste sie Tony auf die Wange.

„Du bist spät dran, Anthony. Ich dachte schon, du kommst gar nicht mehr.“

Anthony? Die einzige Person, die ihn jemals so nannte, war seine Großmutter.

„Hi Cloey“, antwortete er mit einer seltsam tiefen Stimme, die ich noch nie gehört hatte. Seine Hände lagen auf ihren Hüften. Er neigte seinen Kopf und ließ sie auch seine zweite Wange küssen.

Verdammt. Was sollte das?

Cloey zwinkerte ihm zu. Anschließend musterte sie mich vom Scheitel bis zu den Zehen. Der Verachtung in ihren Augen nach zu urteilen, war ich auf ihrer Schönheitsskala wohl etwas weiter unten angesiedelt.

Mein Blick schweifte zu Tony. Ernsthaft, er musste beim Anblick ihrer nackten Beine wirklich nicht gleich zu sabbern beginnen.

Sie setzte sich und schlug ein Bein über das andere. Ihr weißes Minikleid war in der

Waschmaschine wohl eingelaufen, denn darunter blitzte gerade etwas Rotes hervor.

Tony rief unsere Bestellung zu Charlie hinüber, der hinter der Bar stand. Eine Cola und Red Bull. Das Red Bull war bestimmt nicht für mich. Aber wann hatte er denn angefangen, dieses widerliche Zeug zu trinken? Cloey hatte ebenfalls eine Flasche vor sich stehen. Ich fühlte mich plötzlich sehr seltsam in dieser Runde.

„Gemischte Teams, hm?", murmelte ich, als wir uns setzten.

„Die Qualifikationen finden morgen statt, Matthews. Ich kann dich auf die Liste setzen, wenn du interessiert bist!", rief mir Ryan Hunter zu. Ein scherzhafter Schimmer funkelte in seinen dunklen Augen.

Dass er meinen Namen kannte, überraschte mich.

„Liz und Fußball?" Tony lachte neben mir. „Da könntest du genauso gut versuchen, einen Elefanten dazu zu überreden, Tango zu tanzen. Nicht wahr, Liz?"

Ich warf meinem angeblich besten Freund einen strafenden Blick zu. Er bemerkte es nicht einmal, während der Rest der Gruppe in schallendes Gelächter ausbrach.

„Der *Elefant* trifft es genau", sagte Barbie zu der Rothaarigen neben ihr und grinste boshaft zu mir rüber.

Wie bitte? Was? Ich hatte eine perfekte Kleidergröße XS. Meine eins-fünfundsechzig wirkten vielleicht etwas klein gegen ihre amazonenhaften eins-achtzig, aber ich war in keinster Weise fett. Ich klammerte mich an das bisschen Stolz, das ich noch besaß, und beschloss, Tony später dafür zur Rede zu stellen, dass er vorgab, er hätte ihre Beleidigung nicht gehört. In all der Zeit, in der wir Freunde waren, hatte er niemals zugelassen, dass mich jemand beleidigte, ohne hinterher dessen Kiefer zu brechen. Okay, bei Cloey wäre das eine eher drastische Maßnahme, aber er hätte zumindest etwas sagen und mich verteidigen können.

Da er offenbar vergessen hatte, wie das ging, setzte ich ein zuckersüßes Lächeln auf, extra für den Barbie Klon. „Ich habe in der neunten Klasse mal versucht, mein Essen wieder auszukotzen, aber das ist wohl eher dein Ding als meins."

Das Lachen verstummte. Tony verschluckte sich an seinem Red Bull und begann zu husten. Der Rest der Gruppe gab plötzlich vor, in leise Gespräche vertieft zu sein. Das einzige Geräusch, ein leises Lachen, kam aus Ryan Hunters Richtung.

Cloey runzelte die Stirn. „Hast du mich gerade beleidigt?“

Das Lustige daran war, sie meinte es tatsächlich ernst. Ich rollte mit den Augen und nahm einen Schluck von meiner Cola.

Gott sei Dank bekam Tony kurz darauf eine SMS von seiner Mutter. Mrs. Mitchell hoffte ihren Sohn wenigstens noch kurz zu Gesicht zu bekommen, bevor sie und ihr Mann für zwei Tage nach San Francisco reisen mussten. Tony warf einen Blick auf meine Limo und fragte mich, ob ich noch länger hier bleiben wollte.

In drei Sekunden hatte ich das Glas ausgetrunken und stand von meinem Stuhl auf. „Ich bin fertig.“

Er schüttelte zwar den Kopf, lächelte dann aber und ließ mich vorausgehen.

„Wir sehen uns morgen“, sang Barbie in einem widerwärtigen Ton.

Ich ignorierte die aufsteigende Hitze der Eifersucht in mir. Stattdessen konzentrierte ich mich auf den Boden und zählte die Pflastersteine. Eins, zwei, drei…

„Wie sieht's aus, Matthews?", fragte Ryan Hunter, als ich an ihm vorbei ging. „Bist du bei den Qualifikationen dabei, oder nicht?"

Ich hielt an, total erstaunt, dass er es tatsächlich ernst meinte. Mein Blick hing an seinem vergnügten Lächeln. „Ich—"

Tony legte seine Hände auf meine Schultern und schob mich sanft vorwärts. „Zieh' sie nicht auf. Liza ist einfach nicht für Fußball gemacht."

Ich stemmte meine Hacken gegen den Boden. Nicht, weil Tony versuchte mich vor der Verlegenheit einer Antwort zu retten, sondern wegen *ihrem* gemeinen Lachen hinter mir.

„Weißt du was?" Ich drehte mich entschlossen zu Tony. „Ich denke, ich wage einen Versuch."

„Du verarscht mich."

Das erforderte keine Antwort, trotzdem zog ich meine Brauen hoch.

„Cool. Damit stehst du auf der Liste. Treffpunkt ist morgen um zehn auf dem Fußballfeld."

Ich blickte zu Hunter. „Ich werde da sein."

Seine Baseball-Kappe verdunkelte sein Gesicht, als er sein Kinn senkte, doch ich spürte wie sein Blick nach unten schweifte. Dorthin, wo meine abgeschnittenen Jeans endeten, und dann langsam meine nackten Beine entlang.

„Zieh dir ordentliche Schuhe an." Er zwinkerte mir grinsend zu. Bevor ich herausfinden konnte, warum ich plötzlich dieses Bauchkribbeln bekam, schob mich Tony bereits aus dem Café.

Wir legten den größten Teil der Strecke schweigend zurück, bis wir fast an meinem Haus angekommen waren und ich ihm geradezu ins Gesicht sprang. „Ich kann nicht glauben, dass du das getan hast!"

„Dass ich was getan habe?" Tony sah mich an, wie ein Zweijähriger, dem man gerade seinen Schnuller gestohlen hatte.

„Dieses Mädchen hat mich beleidigt und du hast nichts dazu gesagt."

„Du hattest doch alles im Griff. Und sie hat dich ja nicht wirklich beleidigt."

„Ah, richtig. Das warst *du*! Du hast mich als Elefant bezeichnet."

Tony nahm meine Hand und zog mich weiter. „Du weißt genau, dass es nicht so gemeint war. Ich verstehe nicht, warum du jetzt so eine Szene machst. Du konntest

Fußball doch noch nie leiden. Wann hat sich das geändert?“

„Heute. Jetzt *liebe* ich Fußball.“

„Ja, das kann ich sehen. Du stehst so sehr drauf, dass du unbedingt ein Fußballspieler werden willst.“ Er rollte mit den Augen. „Bitte sag mir, dass das nichts mit Cloey zu tun hat.“

Es hat nur mit dir zu tun, du Idiot! Aber es brauchte schon mehr als einen verrückten Nachmittag, um ihm das zu gestehen. „Die kann meinetwegen in ihrem Schrank voll mit Barbie-Kleidern verschollen bleiben.“

Plötzlich legte Tony seinen Arm um meine Schultern. Er zog mich dicht an sich, als wir weiter gingen. „Wenn ich es nicht besser wüsste, würde ich sagen, du bist eifersüchtig.“

„Du und ich. Wir sind beste Freunde, seit wir unsere Windeln losgeworden sind“, grummelte ich, nur leicht getröstet durch seine Umarmung.

„Und ich verspreche dir, wir werden immer noch beste Freunde sein, wenn wir wieder Windeln brauchen.“ Durch sein Lachen wurde ich geschüttelt. „Cloey ist nur ein Mädchen, das gerne Fußball spielt. Aber du bist das einzige Mädchen, das ich kenne, das bei E.T. nicht in Tränen ausbricht."

Obwohl dies ein offensichtlicher Hauch von Bewunderung war, konnte ich nichts gegen die Kälte tun, die sich um mein Herz legte, so wie er es sagte. Als wäre ich in Wirklichkeit einer von den Jungs und kein *nettes Mädchen wie Cloey.* Ein ungewollter Seufzer entwich mir, als ich mich aus seiner Umarmung wand.

Tony runzelte die Stirn. „Was ist?"

„Nichts."

„Bist du böse auf mich?"

„Nein", knurrte ich.

Er wartete eine Sekunde und musterte mich mit prüfendem Blick. „O-*kay*...ist das einer dieser Momente, wo du *nein* sagst, aber eigentlich *ja* meinst?"

„Nein!"

Er schlug die Hände vors Gesicht, zog sie langsam nach unten und blickte dann hilflos zum Himmel. „Du weißt, dass ich diese Sprache nicht spreche. Sag' mir einfach, was dein Problem ist."

„Es gibt kein Problem!" Ich rannte den Weg zu meinem Haus hoch und schlug die Tür hinter mir ins Schloss.

KAPITEL 2

UM NEUN UHR dreißig am nächsten Morgen öffnete ich die Tür und fand Tony davor. Mit hängendem Kopf und den Händen gegen den Türrahmen gestemmt, grinste er verlegen und sah mich durch seine langen Wimpern an.

„Immer noch sauer?"

Ich seufzte. Die lange Rede, die ich am Vorabend für ihn vorbereitet hatte, inklusive Worten wie ignorant, Idiot und Volltrottel, war plötzlich vergessen. „Nenn' mich nie wieder Elefant!", war alles, was ich raus brachte.

„Versprochen." Der dumme Junge machte sogar einen Schmollmund und ein Kreuz über seinem Herz.

Ich musste lachen. „Dann ist es okay."

Tonys metallicgrünes Mountainbike lehnte an unserem niedrigen Holzzaun. Ich holte meines aus dem Geräteschuppen und gemeinsam fuhren wir zum Sportplatz unserer Schule. Knapp fünfzig Jungen und Mädchen, von der zehnten bis zur zwölften Klasse, hatten sich um eines der Tore versammelt. Als wir zu ihnen stießen, teilte gerade jemand Nummern aus. Da Tony ja bereits im Team war, musste er nicht mehr an den Qualifikationen teilnehmen. Aber ich stellte mich in die Reihe, um meine Nummer zu erhalten.

„Siebenundvierzig… Matthews!“, rief Ryan Hunter zu Susan Miller, die die Namen in eine Liste eintrug. Er gab mir den Sticker mit der Nummer, welchen ich auf meine Brust kleben sollte.

Ich hatte Ryan noch nie ohne irgendeine Sportkappe gesehen, außer vielleicht zu besonderen Anlässen, und dann auch nur von weitem. Aber heute spielten Sonnenstrahlen in seinem Haar, das ihm frech in die Augen fiel und ihm ein völlig neues Erscheinungsbild verlieh. Sein unerwartet gutes Aussehen überraschte mich.

Dummerweise erwischte er mich dabei, wie ich ihn anstarrte.

„Viel Glück, Matthews“, wünschte er mir, während ein winziges Lächeln über seine Züge huschte.

Nachdem jeder seine Nummer hatte, erhob er seine Stimme über das Gemurmel der Menge. „Alle mal herhören. Fürs Warm-up läuft erst einmal jeder drei Runden um das Feld."

Wie bitte? Laufen? „Er macht wohl Witze. Drei Runden?"

„Jetzt sag' nicht, du bereust es schon, heute hergekommen zu sein."

Ich hasste Tonys *ich-hab's-dir-ja-gesagt* Grinsen. Er zog mich vom Rasen und joggte neben mir her. Ich schluckte die Antwort, die mir auf der Zunge brannte, hinunter und strengte mich an mit ihm mitzuhalten, doch das war unmöglich, weil einer seiner Schritte so lang war wie zwei von meinen.

Verdammt, eine Runde kam mir vor wie zehn Meilen. Zum Teufel mit Hunter und seinem Warm-up. Als ich mit meinen drei Runden fertig war, brach ich auf dem Rasen zusammen. Für eine kurze Weile hörte ich nichts als meinen eigenen, keuchenden Atem. Gott sei Dank hatte ich die Möglichkeit, mich ein wenig zu erholen, während sechsundvierzig andere Kandidaten versuchten ein Tor zu schießen, ehe ich an der Reihe war. Die nächsten paar Minuten mimte ich einen toten Frosch.

In der Zwischenzeit brachte mir Tony Wasser in einem Pappbecher. Mein Mund und Hals waren trocken wie die Sahara. Er stand über mir. Sein Schatten bot einen wohltuenden Schutz vor der glühenden Sonne. Ich raffte mich auf und griff nach dem Becher in seiner Hand.

„So wenig?" Ich hielt den Becher gegen das Licht und schwenkte ihn hin und her, in der Hoffnung, es würde auf wundersame Weise mehr werden. „Ehrlich, Tony, bei dir läuft etwas völlig verkehrt."

„Ganz und gar nicht." Er belächelte mich. „Aber da du ja sowieso kaum noch atmen kannst nach dieser kurzen Strecke, wird dir von mehr Wasser bloß übel. Es wäre sogar besser, wenn du damit nur deinen Mund ausspülst und es dann wieder ausspuckst."

Zynisch verzog ich die Miene. „Kann ich es dir ins Gesicht spucken?" Ohne auf seine Retourkutsche zu warten, schluckte ich das bisschen Fliegenspucke, das er mir gönnte, hinunter. Der Tropfen verdampfte augenblicklich in meinem Hals.

„Matthews! Du bist dran!" Das war Hunter, und als ich mich zu ihm drehte, flog mir der Ball bereits entgegen. Dem Himmel sei Dank für meine Wahnsinnsreflexe. Ich fing ihn, bevor er mich in den Bauch treffen konnte. Tony zog mich auf die Beine. Er gab mir kurze Anweisungen, wie ich den Ball am besten kicken sollte.

Ja genau. Als ob mich das wirklich interessieren würde. Ich setzte den Fußball ins Gras und schoss ihn zu Frederickson, der im Tor stand. Der Ball landete ein paar Meter vor ihm und rollte dann gemütlich den Rest der Strecke bis er sachte Fredericksons linken Schuh berührte.

Euphorisch drehte ich mich zu Tony. „Was sagst du dazu, ich hab‘ doch glatt in die richtige Richtung geschossen!“

„Komm schon, Matthews!“ Ryan joggte zu uns rüber, den Ball unter den Arm geklemmt. „Ich hab‘ schon gesehen, wie du Mitchell härter in den Arsch getreten hast.“

Zerschlagen und ausgelaugt wollte ich kapitulieren, doch als er mir den Ball gab, krümmten sich seine Lippen zu einem neckischen Lächeln, das mich anstachelte, noch einmal Alles zu geben.

Ich nahm die Herausforderung an und platzierte den Ball vor mir im Gras. Doch dann nahm mich Hunter plötzlich zur Seite und schob mich einige Schritte rückwärts.

„Dieses Mal nimm einen kurzen Anlauf und steck' etwas mehr Kraft in deinen Schuss."

Mit wachsendem Horror krallte ich mich an Tonys Shirt-Kragen fest und winselte: „Oh nein, lass nicht zu, dass er das mit mir tut. Wir wissen beide, ich werde über das Scheißding stolpern."

Die Jungs lachten über mich. Tony löste meine verkrampften Finger. „Nein, das wirst du nicht. Ich sag' dir was. Wenn du Frederickson genau in die Brust triffst, spendiere ich dir später einen riesigen Schokoladeneisbecher. Abgemacht?"

Eiscreme? Tja, wenn die Motivation stimmte… „Abgemacht."

Ich startete los und trat hart gegen den Ball. Mein Ziel, der rothaarige Wuschelkopf im Tor. Der Fußball landete sanft in Fredericksons Armen.

„Ausgezeichnet!", jubelte Ryan. Er lief zurück zu dem niedrigen Tisch, an dem Susan saß und Notizen machte, und rief als nächsten Sebastian Ramirez auf, der sein Glück versuchte.

Unsagbar stolz und mit einem breiten Lächeln im Gesicht drehte ich mich zu Tony. Doch meine Freude verpuffte in dem Moment, als ich Barbie bei ihm stehen sah.

Mit den Händen hinter ihrem Rücken verschränkt, wippte sie auf ihren Ballen vor und zurück. Ihr Busen stand so weit heraus, sie hätte damit sein Herz pfählen können. „Kommst du später zu Hunters Party?“, fragte sie ihn mit dieser haarsträubenden Stimme.

Ich schluckte. Ryan Hunters Partys waren legendär. Ich konnte mich zwar nur auf das Getuschel in der Schule verlassen, aber es ging das Gerücht um, sein Vater sei mit Chief Berkley befreundet. Somit konnte Ryan die Musik auf maximale Lautstärke aufdrehen, und zwar die ganze Nacht. Bier floss angeblich in niemals versiegenden Strömen und er hatte sogar seinen eigenen Billardtisch.

Ich sah sein Haus immer nur von Weitem, wenn wir mit unseren Rädern zur Bibliothek fuhren, aber es sah groß genug aus, um eine ganze Billardhalle darin unterzubringen. Eine Einladung zu einer dieser Partys zu bekommen, bedeutete aufzusteigen in die Liga der *coolen* Kids.

Nicht, dass es mich je interessiert hätte, mit Idioten wie Cloey abzuhängen. Bloß nicht! Aber Tony war schon oft auf einer von Hunters Partys gewesen und er wollte mir nie erzählen, was hinter diesen Türen abging. Das allein stachelte schon meine Neugier an.

Heute Nacht würde er sicher wieder hingehen. Die Tatsache, dass der Barbie-Klon auch dort sein würde, ließ mir das Herz in die Hose rutschen. Obwohl mir eigentlich nach Heulen zumute war, setzte ich ein gleichgültiges Gesicht auf und stapfte zum Wasserspender, um mir einen größeren Schluck zu gönnen, als das bisschen, das Tony mir nach dem Aufwärmlauf gebracht hatte.

Der Nachmittag zog sich hin wie Kaugummi. Es gab weitere Qualifikationstests, die darin bestanden, den Ball hin und her zu passen, mit kurzen Kicks im Zick-Zack über das Feld zu laufen und letztendlich noch zu zählen, wie oft wir den Ball hochkicken konnten, ohne ihn zu verlieren. Ich schaffte unglaubliche zweieinhalb Mal.

Für mich war's das. Ich war durch mit Fußball. Sollte der Ball doch in der Hölle verrotten und die Spieler an ihrem Durst verrecken. Es kümmerte mich einen Dreck, ob ich es ins Team schaffte oder nicht. In der sengenden Hitze Ball zu spielen war sowieso nur was für Idioten.

Mit dem Handtuch, das Tony mitgebracht hatte, wischte ich mir den Schweiß vom Gesicht, dann stopfte ich es zurück in seinen Rucksack und machte mich auf den Weg.

„Hey, was glaubst du, wo du hingehst?"

„Nach Hause."

Tony lief mir hinterher. „Das kannst du nicht. Ryan hat die Namen der neuen Spieler noch nicht genannt."

„Sehe ich so aus, als ob mich das interessiert?"

Er schlang seinen Arm um meine Schultern. Mit meinem eigenen Schwung bugsierte er mich in die entgegengesetzte Richtung. „Willst du gar nicht wissen, ob du es ins Team geschafft hast?"

Ich versuchte mich aus seiner Umarmung zu befreien, scheiterte kläglich und blickte ihn finster an. „Nein, will ich nicht."

„Wo ist dein Enthusiasmus geblieben?"

„Wo ist dein Urteilsvermögen geblieben?" Ich blieb stehen. „Du hast gesehen, wie schlecht ich bin."

„Ach, ich habe schon schlimmere gesehen. Eigentlich bin ich sogar ziemlich stolz auf dich. Du hattest heute zum ersten

Mal Hautkontakt mit einem Fußball und hast bereits beim zweiten Versuch beinahe ein Tor geschossen. Dir fehlt nur ein bisschen Übung."

Es war schwer zu glauben, doch Tonys Blick untermauerte seine Worte. Er meinte es tatsächlich ernst. Etwas verwirrt musterte ich ihn aus dem Augenwinkel. Unglücklicherweise drang Cloey in mein Blickfeld, als sie auf uns zu hopste, wie die Zahnfee. Ihre perfekt manikürten Finger schlangen sich um Tonys Arm. Wie ein aufgescheuchtes Huhn hüpfte sie vor ihm auf und ab.

„Komm, schnell! Hunter gibt gleich die Namen bekannt. Er hat mir schon gesagt, dass ich es ins Team geschafft habe."

„Das überrascht mich gar nicht." Tony ließ zu, dass sie ihn von mir wegzerrte. „Du hast schon im Trainingslager bewiesen, dass du ein Naturtalent in Fußball bist."

„Nur in Fußball?" Sie zwinkerte ihm vielsagend zu und tanzte davon.

Ich knirschte mit den Zähnen. Die Sache war die, ich musste einfach in dieses Team. Unbedingt. Ich hatte gar keine andere Wahl. Wie sonst sollte ich diese Schnepfe von Tony fernhalten?

Ryan Hunter hielt eine Liste in seinen Händen, als er vor die erwartungsvolle Menge trat. „Wir brauchen elf neue Spieler. Ich werden jetzt die Namen derer vorlesen, die es ins Team geschafft haben. Wenn euer Name dabei ist, herzlichen Glückwunsch. Wenn nicht, Kopf hoch. Versucht es einfach im nächsten Jahr wieder. Ihr habt heute alle richtig viel Ehrgeiz gezeigt. Ich bin stolz auf euch.“ Er räusperte sich und begann die Namen vorzulesen. „Stevenson. Jones. Summers—“

Da Barbie bei diesem Namen die Hände ihrer Freundin packte und voller Freude herum hüpfte, war ich sicher, dass ich nun auch ihren Nachnamen kannte.

„—Smith. Jackson. Daniels. Hollister. McNeal. Miller. Matthews. Und Warren.“

Mein Kinn sackte bis zum Boden. Ich drehte mich zu Tony. „Sagte er gerade Matthews?“

„Schätze, das hat er.“

Ich wollte ihm sein dämliches Grinsen aus dem Gesicht schlagen.

„Also werde ich spielen?“

„Ja“, lachte er. „Und jetzt hol deine Sachen. Ich schulde dir einen Eisbecher.“

Ich hatte es tatsächlich geschafft *und* er würde mit mir Eis essen gehen. Was für ein fantastischer Tag. Ich eilte zur Bank und schwang meinen Rucksack über eine Schulter. Das definitiv albernste Strahlen stand mir ins Gesicht geschrieben. Es verschwand allerdings schlagartig, als das Wort ‚Schulden' in meinem Kopf Gestalt annahm. Was, wenn er Hunter gebeten hatte, mich in die Mannschaft aufzunehmen, obwohl ich ein miserabler Spieler war? Bei dem Gedanken daran, auf Hunters Mitleid angewiesen zu sein, fühlte ich mich schrecklich bloßgestellt.

Ich musste es wissen und Tony würde es ausspucken, auch wenn es bedeutete, dass ich ihm damit drohen müsste, seine komplette *Zurück in die Zukunft* Sammlung einzustampfen.

Ich machte kehrt und polterte gegen Ryan.

„Gratuliere, Matthews! Du hast dich echt gut angestellt."

„Ja, was auch immer." Stinksauer wegen etwas, wofür ich noch nicht einmal einen Beweis hatte, huschte ich an ihm vorbei. Doch nach einigen hastigen Schritten, stoppte ich, drehte mich auf der Stelle in seine Richtung und fragte: „Sag' mal, was schuldet dir Tony dafür, dass du mich in die Mannschaft aufgenommen hast?“

Einen Augenblick lang sah es für mich so aus, als versuchte er, die passenden Worte für eine Antwort zu finden. Der Ausdruck in seinem Gesicht verschwand und plötzlich lachte er. „Das willst du nicht wissen.“

Meine Hände verkrampften sich um die Riemen meines Rucksacks. Verdammt, natürlich wollte ich es wissen.

Er wandte sich zum Gehen, warf mir aber noch einen kurzen Blick über die Schulter zu. „Ich sehe dich dann später bei mir.“

Heilige Scheiße. Hatte er mich gerade zu seiner Party eingeladen?

KAPITEL

3

DER EISBECHER SAH verführerisch aus, genauso wie Tony, als er Vanilleeis von seinem Löffel leckte. Die ganze Stunde, die wir bei Charlies saßen, konnte ich meinen Blick nicht von seinen Lippen reißen. Zu blöd, dass Tony eine Festung war. Total verriegelt. Er weigerte sich beharrlich preiszugeben, womit er Ryan bestochen hatte, damit ich ins Team durfte. Na ja, er sagte, er schulde ihm nichts, aber das kaufte ich ihm nicht ab.

Um halb acht am selben Abend holte mich Tony in dem Wagen seiner Mutter ab. Ich hatte keine Ahnung, was man zu so einer Party anzog. Da es abends immer noch über dreißig Grad warm war, was ja an sich nicht ungewöhnlich war für Kalifornien im August, entschied ich mich für ein graues Tank-Top und schwarze Hotpants. Tonys anzüglichem Blick zufolge, hatte ich das richtige Outfit gewählt.

Als wir in die Straße, die zu Ryans Villa führte, einbogen und ich die lange Schlange von parkenden Autos sah, bekam ich eine Ahnung davon, wie groß diese Party wirklich sein würde. Tony reagierte gelassen und manövrierte das Auto in eine Lücke am Ende der Straße, doch mir stand vor Staunen der Mund offen.

„Wie viele Gäste erwartet er denn?“

„Keine Ahnung. Gewöhnlich so um die hundert bis hundertfünfzig. Wenn seine Eltern nicht zu Hause sind, können es auch bis zu dreihundert werden.“

Grundgütiger, ich kannte nicht einmal so viele Leute, wenn ich alle meine Freunde, Verwandten und deren Haustiere zusammenzählte. Wir schlenderten die Einfahrt hoch und liefen über Marmorstufen zur gewölbten Eingangstür. Musik dröhnte durch das dicke Holz. Zu läuten war vermutlich Zeitverschwendung. Tony drehte am Knauf und die Tür öffnete sich.

Jean Pauls *She doesn't mind* donnerte aus unzähligen Lautsprechern, als wir eintraten. Tanzende Kids rieben ihre Körper in aufreizenden Tanzbewegungen, die ich sonst nur aus Filmen kannte, aneinander. Einige Jungs versuchten trotz der Musik eine

Unterhaltung zu führen, während sie Bier aus Flaschen tranken und nach den Hintern der Mädchen grapschten. Einige Pärchen küssten sich im schummrigen Licht.

Ich klammerte mich an Tonys Arm. „Oh mein Gott, lass mich hier bloß nicht allein!"

Er lachte mich aus, oder zumindest dachte ich das, denn bei der lauten Musik konnte ich ihn nicht wirklich hören. Mit seinem Arm presste er meine Hand fester gegen ihn und zog mich in die Menge.

Nicht alle hier waren Schüler. So wie es aussah, hatte Hunter auch jede Menge älterer Freunde, im Alter von etwa sechzehn bis fünfundzwanzig. In der Mitte des Raumes entdeckte ich ein paar Mädchen aus meinem Geschichtsunterricht. Simone Simpkins griff nach meiner Hand, als wir an ihnen vorbeigingen. Ich musste von ihren Lippen lesen, um zu verstehen, dass ich mich zu ihnen gesellen sollte.

„Ich hol' uns was zu trinken!", schrie Tony in mein Ohr.

Ich nickte und sah mit einem flauen Gefühl in der Magengrube zu, wie er in der Menge verschwand. Was, wenn er mich in diesem Gewimmel nicht mehr wiederfand? Die Distanz zwischen uns füllte sich rasch mit fremden Leuten. Verdammt, ich hätte ihn nicht gehenlassen sollen.

Schließlich wandte ich mich wieder meinen Freunden zu. Ich versuchte der Unterhaltung zu folgen, aber größtenteils stand ich nur da und nickte, ohne ein Wort zu verstehen. Nach zehn Minuten war Tony immer noch nicht zurück. Simone bot mir eine Flasche Corona an. Völlig ausgetrocknet von der Hitze hier drinnen, war ich dankbar für alles. Hauptsache, es war kühl. Erst benetzte ich nur meine Lippen mit dem Bier. Okay, schmeckte gar nicht so übel. Ich nahm einen richtigen Schluck. Etwas herb, aber sonst ganz gut. Nachdem ich die halbe Flasche leer getrunken hatte, wurde mir ein wenig schummrig.

Plötzlich sah ich Tony auf der anderen Seite des Zimmers. Zumindest dachte ich, er wäre es. Schnell entschlossen winkte ich zum Abschied in die Runde und machte mich auf den Weg durch das Gewühl. Am hinteren Ende lichtete sich die Menge ein wenig. Ich schaffte es, mich durchzuschlängeln, ohne mich am Schweiß der anderen zu reiben. Nur leider war Tony nirgendwo zu sehen.

Ein Durchbruch in der Mauer, mit einem hohen Deckenbogen, verband diesen Raum mit der riesigen dahinter liegenden Küche. Ich steuerte darauf zu und traf auf Ryan, der im Durchgang mit einer Schulter gegen die Wand lehnte. Er hatte die Ärmel seines schwarzen Hemds bis zu den Ellenbogen hochgerollt und die Nähte seiner Jeans waren ausgefranst und abgetreten. Ich konnte die Farbe schwarz an Tony nie ausstehen. Sie verlieh ihm ein seltsam dämonisches Aussehen. Bei Ryan jedoch war das etwas Anderes. Mit dem aufgeknöpften Hemdkragen wirkte er geheimnisvoll. Irgendwie sexy. Dass er teuflisch aussah, war cool.

Sein Blick blieb an mir hängen, während er sein Bier trank und ich näher kam. Es wäre unhöflich, den Gastgeber nicht persönlich zu begrüßen, also blieb ich vor ihm stehen und sagte: „Hallo.“

Hier hinten war die Musik nicht ganz so laut. Ich verstand sogar sein *Hi*.

„Nettes Haus. So voller… Leute.“ Ja, was für ein origineller Aufhänger. Ich wollte mich selbst dafür ohrfeigen. Etwas Besseres fiel mir aber leider nicht ein. Tja, coole Unterhaltungen zu führen war eben nicht meine Stärke.

„Danke.“ Er stieß sich von der Wand ab und lehnte sich weiter zu mir, damit ich ihn verstehen konnte. „Es wurde auch langsam Zeit, dass Mitchell dich hierher schleppt. Er hat dich lange genug von meinen Partys ferngehalten.“

Wie bitte, *was*? Ich runzelte die Stirn. Tony war der Grund, warum ich bisher noch nie eine Einladung bekommen hatte? Dieser verdammte Mistkerl. Andererseits nahm er vermutlich an, ich würde mich an solch einem Ort, mit all den trinkenden Leuten und dem Lärm, nicht wirklich wohlfühlen. Und ich Vollidiot hatte seine Vermutung in dem Moment bestätigt, als wir durch die Haustür hereingekommen waren und ich mich wie ein Angsthase an seinen Arm geklammert hatte.

Ich stellte mich auf die Zehenspitzen und krächzte in Ryans Ohr: „Weißt du wo er ist?“ Gott sei Dank musste ich nicht mehr schreien. Meine Stimmbänder waren bereits angeschlagen genug und mein Hals fühlte sich kratzig und trocken an.

„Nein, keine Ahnung.“ Er nippte an seinem Bier.

Seufzend nahm ich einen Schluck von meinem, aber mittlerweile ekelte ich mich davor. Ich verzog das Gesicht. Plötzlich nahm

Ryan meine Hand und zog mich in die Küche. Er stellte sein Bier auf dem Tresen ab, machte eine Sprite auf, nahm mir die Flasche Corona ab und drückte mir stattdessen die Limodose in die Hand.

„Du solltest kein Bier trinken." Sein Tonfall klang plötzlich ganz ernst. „Besonders nicht in diesem Haus."

Er hatte recht. Ich wollte wirklich nicht zu einem der Grapsch-Flittchen werden, so wie die meisten der Mädchen im Nebenzimmer. Ich war dankbar für die Limo. So konnte ich wenigstens den bitteren Nachgeschmack des Biers in meinem Mund hinunterspülen.

„Du hast dich heute echt gut geschlagen", sagte Ryan.

„Ich war furchtbar und das weißt du. Ich verstehe immer noch nicht, warum du mich in die Mannschaft geholt hast."

Er trank aus meiner Flasche Corona. „Wer weiß? Vielleicht will *ich* dich da einfach haben."

Himmel, bei seinem anzüglichen Tonfall durchzuckte mich ein kribbelnder Schauer.

„Mach' jeden Tag ein wenig Ausdauertraining, dann bist du bald eine Spitzenspielerin."

In Sport war ich eine Versagerin. Zu Beginn des Sommers hatte ich versucht, jeden Morgen eine kurze Strecke zu joggen, um in Form zu kommen. Aber das war nichts für mich. Das Weiteste, das ich schaffte, war eine halbe Meile, bevor ich prustend und frustriert zurück stapfte. „Ich glaube, mir fehlt einfach die nötige Motivation, um Sport zu treiben. Ich bin eine echte Niete, wenn's ums Laufen geht."

„Was du brauchst, ist ein Privattrainer."

Darüber konnte ich nur lachen. „Sag bloß, du willst den Job?"

Ryan kräuselte die Lippen und starrte mich einen Moment lang an, so als hätte ich ihm eine Menge Geld für beschissene Arbeit geboten. Dann zuckte er mit einer Schulter. „Sicher. Warum nicht? Wenn du versprichst, ein wenig Begeisterung zu zeigen, bin ich dabei."

Das klang nach einem interessanten Angebot. Schließlich hatte ich gar keine andere Wahl, als an meiner Ausdauer zu arbeiten, wenn ich ein ganzes Fußballspiel durchhalten wollte. Keinesfalls konnte ich Blondie weiteren Gesprächsstoff liefern, um über mich herzuziehen, indem ich nach der ersten Halbzeit zusammenbrach. Ihre

Genugtuung wäre mein Ruin. Außerdem sollte Tony endlich einsehen, dass ich für mehr gut war, als nur Videogames mit ihm zu spielen.

Ja. Training war das neue Motto.

Überraschenderweise durchlief mich bei dem Gedanken mit Hunter zu trainieren ein Schwall von Vorfreude. Er war der Kapitän der Fußballmannschaft. Das machte privates Training mit ihm zu einer Art Privileg. Es würde meinen Status in der Schule von durchschnittlich zu supercool aufpolieren.

„Abgemacht."

Er nickte langsam. „Wir beginnen Montagmorgen."

Fantastisch. Somit hatte ich noch einen ganzen Tag Freizeit, bis zu meinem gerade inszenierten Selbstmord. Aber sein begieriger Blick versprach, ich würde meine Entscheidung nicht völlig bereuen.

Hinter mir rief jemand seinen Namen. „Wir spielen eine Runde Pool. Bist du dabei?"

Ryan stieß sich vom Tresen ab. „In einer Minute." Dann strich er mit dem Hals der Flasche über meine Wange. „Genieß' den Abend. Und was immer du tust, halt dich fern von den Erdbeeren."

Ich stand sprachlos da, als er an mir vorbeiging und mit einem leisen Lachen aus der Küche verschwand. Ich nahm einen Schluck Sprite, um mich abzukühlen.

In diesem Moment kam Susan Miller in die Küche. Sie machte ein freudiges Gesicht, als sie mich sah. „Hey, was sagst du dazu, jetzt sind wir beide im Team. Und ganz ehrlich—“ Sie holte kurz Luft und blickte geheimnisvoll nach allen Seiten, um sicherzugehen, dass außer uns niemand im Raum war. „Ich habe in meinem Leben noch kein schöneres Haus gesehen. Ich wollte schon immer mal auf eine von Hunters Partys gehen, aber er hat mich bisher nie bemerkt. Vermutlich wusste er bis heute noch nicht mal meinen Namen.“

„Ja, meinen auch nicht.“ Zumindest hatte ich das angenommen, bis er mich gestern zum ersten Mal Matthews genannt hatte.

„Was wirst du beim Training anziehen? Deine Sportsachen, oder besorgst du dir ein richtiges Fußballdress?“

Susan war so aufgeregt, ich konnte ihren Enthusiasmus gar nicht verstehen. Welches Mädchen wollte schon freiwillig Fußball spielen? Abgesehen davon, dass vielleicht im

Team ein Junge war, in den sie seit Jahren Hals über Kopf verliebt war.

Ich zuckte mit den Schultern. „Ich weiß noch nicht. Wahrscheinlich bleibe ich vorerst bei dem was ich habe. Shorts und ein T-Shirt. Alles Andere kann ich mir bei meinem mickrigen Taschengeld sowieso nicht leisten." Und nie im Leben würde mich jemand dazu überreden können, diese potthässlichen Schuhe mit Stoppeln an den Sohlen zu tragen. „Hör' mal, hast du Tony irgendwo gesehen?"

„Nicht, seit ihr beide zur Tür hereingekommen seid. Warum?"

„Bisher habe ich ihn nicht viel zu Gesicht bekommen und ich frage mich nur gerade, wo er steckt." Ich warf meine leere Dose in den Mülleimer. Mein schlechtes Gewissen plagte mich, trotzdem fragte ich: „Macht es dir etwas aus, wenn ich ihn suchen gehe?"

Susan war cool. „Mach' du nur. Ich finde euch später."

Ich kehrte zurück in den Partyraum und wanderte ein wenig umher, in der Hoffnung, Tony endlich zu finden. Aber das Schieben und Schubsen der schwitzenden Kids ging mir bald auf die Nerven. Ich hielt mich näher an der Wand. Als ich einen weiteren Durchgang erreichte, schielte ich kurz in den

Nebenraum. Da war kein Blondschopf. Enttäuscht sackten meine Schultern nach unten. Aber dann traten einige der Jungs zur Seite und gaben die Sicht auf einen Billardtisch frei. Jemand beugte sich auf eine anziehende Weise darüber.

Mittlerweile erkannte ich Hunters dunkles Haar überall. Er hielt den Queue flach über dem grünen Filz und zielte auf die weiße Kugel. Es waren noch einige bunte Kugeln im Spiel, doch so wie es aussah, hatte er es auf die schwarze Acht abgesehen.

„Komm schon, Ryan! Gib einem Freund eine Chance. Du kannst die Kugel noch nicht versenken."

Ich drehte mich zur Seite, um zu sehen, wer Hunter hier so kläglich anflehte. Der Name des großen Jungen war mir entfallen, aber ich wusste, er hatte Algebra mit Tony. Der Ausdruck in seinem Gesicht war zum Schießen. Man konnte glatt meinen, sein Leben hing davon ab, ob Hunter die Kugel einlochte oder nicht.

„Was ist dein Problem, Justin?" Hunter grinste, als er den Queue perfekt positionierte. „Hast du Angst, deine Mutter könnte herausfinden, dass du um Geld spielst?"

In diesem Moment bemerkte ich den Stapel Geldscheine auf der Tischkante. So wie es aussah, hatten sie eine Summe von gut einhundert Dollar im Pot. Mein Mund blieb offenstehen. Das waren fünfzig von jedem. Ich bekam in einem Monat nicht einmal halb so viel Taschengeld.

„Meine Mutter schert sich einen Dreck. Aber ich brauche wirklich *unbedingt* dieses Spiderman Comicheft. Es ist ein Original“, jammerte Justin.

Er tat mir beinahe leid. Nun musste ich wissen, wie das Spiel ausging, und so rutschte ich an der Wand entlang, bis ich im Zimmer stand, genau gegenüber von Ryan. Schmale Augen und seine in Falten gelegte Stirn gaben seine Anspannung preis. Der Queue rutsche in seiner Hand etwas nach hinten. Jeden Moment würde er seinen Spielzug ausführen.

Doch dann blickte er hoch zu mir. Seine dunklen Augen fixierten mich. Er rührte sich keinen Millimeter, nur seine Brust hob und senkte sich bei jedem Atemzug. Sämtliche Blicke im Raum waren nun auf mich gerichtet. Mein Herz klopfte ein wenig schneller und ich fühlte, wie meine Wangen unangenehm heiß wurden.

Ich biss mir verlegen auf die Unterlippe. „Was ist?"

Ryan sagte kein Wort. Aber Justin warf seine Faust in einer siegessicheren Geste in die Luft, als er an meine Seite eilte. Er legte mir den Arm um die Schultern und grinste dämlich. „Schätzchen, du hast mir gerade das Leben gerettet."

„Ah... okay." Mein Blick kehrte zu Hunter zurück. „Und wie das?"

Ryan fing an zu grinsen, obwohl er dabei nicht so glücklich wirkte, wie der Junge neben mir. Eher so, als wüsste er, dass gleich ein Unglück passieren würde. Und zwar seines.

„Er kann nicht spielen, wenn ihm jemand zusieht", sang Justin fröhlich in mein Ohr. „Er wird den Stoß total vermasseln."

„Aber ihr seht ihm doch alle zu", stellte ich fest.

Am hinteren Ende des Zimmers lachte jemand. „Ja schon. Aber wir sind keine Mädchen."

Hunter richtete sich auf. Er rieb die Spitze seines Queues mit blauer Kreide ein. Seine Lippen waren zusammengepresst und er ließ mich nicht aus den Augen. Obwohl ihn die ganze Sache offenbar sehr amüsierte, wollte ich ihm keine Probleme verursachen. Besonders nicht, wenn Geld im Spiel war.

„Es tut mir leid", krächzte ich verlegen. „Ich werde euch Jungs wohl lieber wieder alleine lassen."

„Oh nein, das kommt gar nicht in die Tüte, Schätzchen!" Justins Arm lag immer noch fest auf meinen Schultern. „Du bist meine Versicherung. Mit deiner Hilfe werde ich das Comicheft doch noch bekommen. Du bleibst!"

Ich fand seinen Übermut niedlich, obwohl ich mich offengesagt wie ein Verräter fühlte. Ryan, der bis jetzt immer noch nichts gesagt hatte, fuhr sich mit der Zunge über die Unterlippe. Ein Mundwinkel wanderte langsam nach oben. Er holte tief Luft und beugte sich erneut über den Tisch. Es herrschte Totenstille. Aus dem Augenwinkel sah ich, wie Justin die Finger kreuzte und ein leises Stoßgebet in Richtung Zimmerdecke sandte.

Nie hätte ich es für möglich gehalten, dass ein einzelner Stoß die Anspannung in einem Raum derart heben könnte. Ryan räusperte sich, sein Blick schweifte zwischen mir und der weißen Kugel vor ihm hin und her. Plötzlich sackte sein Kopf herab und er lehnte die Stirn lachend auf die Tischkante. „Nimm dein Geld, Just. Ich gebe auf."

Die Jungs in dem Zimmer johlten, als wäre soeben das Undenkbare passiert. Justin drückte mir einen Kuss auf die Backe. Er schnappte sich das Geld. Ich stand nur da und starrte Hunter, der nun seine Hände auf den Billardtisch stützte und den Kopf hängenließ, fassungslos an. Doch als er aufblickte, war da dieser unverkennbare Funke von Heiterkeit in seinen Augen.

„Es tut mir so leid", formte ich mit den Lippen. Es hatte sowieso keinen Sinn zu versuchen, die anderen zu übertönen.

„Ich verbanne dich aus diesem Zimmer."

Wie ich, flüsterte auch er, jedoch mit einem Grinsen, und ich las es von seinen Lippen. Er kam um den Tisch herum, ganz langsam. Ich drückte mich etwas fester gegen die beruhigend kühle Wand hinter mir.

Er blieb vor mir stehen, den Queue in einer Hand, während er sich mit der anderen auf meiner Augenhöhe gegen die Wand stützte. „Du hast mich gerade fünfzig Mäuse gekostet", sagte er leise.

„Ja, ich weiß." Ich versuchte den Blick eines armen Hündchens zu mimen. „Aber

Justin braucht wirklich *unbedingt* dieses Comicheft."

Ryan lächelte süffisant. „Du verbündest dich also mit dem Feind? Ich hätte es wissen müssen." Er legte mir die Hand auf die Schulter und schob mich sanft durch den Torbogen hinaus und zurück in den Partyraum. „Heute Nacht hast du keinen Zutritt mehr zu diesem Zimmer."

„Oh nein, warum?" Ich zog einen verspielten Schmollmund, hob mein Kinn und sah in seine funkelnden Augen. „Es macht echt Spaß dir zuzusehen, wenn du…verlierst."

Er ließ nicht zu, dass sein Lächeln ihn verriet, als er sich zu mir beugte. „Fort mit dir!"

KAPITEL

4

ICH WINKTE UND ließ Hunter und die anderen Jungs allein. Es wurde sowieso Zeit, wieder weiter nach Tony zu suchen. Aber ihn in einem Haus zu finden, das von Menschen nur so wimmelte, stellte sich als unmöglich heraus. Zumindest traf ich bald auf ein paar bekannte Gesichter. Susan stellte mich ihrem älteren Bruder und ein paar seiner Freunde vor. Einer bot an, mir einen Drink zu holen. Als er Corona vorschlug, sagte ich ihm, dass ich so schnell keinen Alkohol mehr trinken würde.

„Wie wäre es mit Fruchtsaft?"

„Klingt gut."

Er verschwand kurz und kam mit einem Glas Traubensoda zurück, steckte einen Strohhalm hinein und reichte es mir. Sein dunkelgrauer Hut verlieh ihm diesen unverkennbaren Bruno-Mars-Look. In der nächsten Stunde unterhielten wir uns recht gut. Er füllte mein Glas mehrmals nach. Nachdem ich auch mein drittes Glas leergetrunken hatte, konnte ich zwar noch erkennen, dass sich seine Lippen bewegten, aber ich verstand nicht wirklich, was er sagte. Außerdem hatte ich das seltsame Bedürfnis oft die Stirn zu runzeln und mich gegen die Wand zu lehnen, um nicht umzukippen, weil das Zimmer plötzlich anfing, sich um mich zu drehen.

„Geht's dir gut?“, fragte der Kerl mit dem Hut. Hatte er mir eigentlich seinen Namen verraten? Und wann kam überhaupt sein Zwillingsbruder dazu? Der Junge verschmolz mit ihm und tauchte dann plötzlich wieder auf. Irgendetwas stimmte hier ganz und gar nicht.

Ich massierte meine Schläfen. „Ich bin nicht sicher.“ Ich sprach etwas langsamer, nur für den Fall, dass es ihm so ging wie mir und er nichts mehr auf die Reihe bekam.

Und dann kippte die Welt zur Seite und ich fand mich in seinen Armen wieder.

„Oha! Du hast das wohl ernst gemeint mit dem ‚kein Alkohol‘.“

Ich grinste in das Gesicht, das knapp vor meinem hin und her schwankte. Sicher meinte ich es ernst. Was dachte er denn? Dass ich ein

Lügner war? Ich schnappte mir seinen Hut und setzte ihn auf meinen Kopf. „Jetzt bin ich mal für eine Weile Bruno."

„Hey, was ist hier los?"

„Tony!" Ich freute mich, seine Stimme zu hören, und versuchte, ihn zu lokalisieren. Im nächsten Moment hielt er mich in einer festen Umarmung und zog mich weg von Bruno Mars. Ohne dessen Hut. Ich drehte mich in Tonys Armen und strahlte in sein ach-so-besorgtes Gesicht. „Wo warst du nur die ganze Nacht? Ich habe so lange versucht dich zu finden."

„Wo hast du gesucht? Auf dem Boden der Bowleschüssel?"

Ich beschloss für mich, ich musste das nicht verstehen, und ließ mich von ihm in die Küche bugsieren.

„Wupp", lachte ich, als er seine Hände an meine Taille legte und mich auf den Tresen hob. Gewöhnlich war er einen halben Kopf größer als ich, aber wie ich da so saß, waren unsere Augen auf gleicher Höhe, was mir überaus gut gefiel. Er hatte so unglaublich schöne blaue Augen.

Mit seinen Händen auf dem Tresen, links und rechts neben meinen Hüften, stand er zwischen meinen baumelnden Beinen. Diese ungewöhnliche Stellung überraschte mich und machte mich gleichzeitig tierisch an. Ich kippte vornüber und grinste, als ich meine Stirn gegen seine lehnte.

Tony lachte, aber es klang nicht unbekümmert wie sonst. Er richtete mich auf. „Wie viele Drinks hattest du heute Abend?"

„Hey, warum so besorgt?"

„*Wie viele*, Liza?"

Ich mochte seinen kommandierenden Tonfall nicht. Seufzend pustete ich meine Stirnfransen aus dem Gesicht. „Da war diese halbe Flasche Bier und dann noch Sprite. Ein bisschen Soda. Ein oder vier Gläser...glaube ich."

„Soda?"

„Traubensoda."

„Scheiße." Wieder lachte er. Jetzt klang er nervös. „Deine Mom wird mich umbringen, wenn ich dich in diesem Zustand nach Hause bringe; betrunken wie du bist."

„Hey, nimm das zurück! Ich bin nicht betrunken."

Als plötzlich eine bestimmte Tussi in die Küche stolzierte, wie ein Reh auf eine Blumenwiese, wurde mir übel. Sie ignorierte mich und flirtete Tony mit einem breiten

Lächeln an. Ich dachte, ich müsste mich gleich übergeben.

„Anthony, du hast versprochen, mit mir zu tanzen."

„Anthony, du hast versprochen, mit mir zu tanzen", äffte ich sie wie eine Dreijährige nach.

Das lenkte ihre Aufmerksamkeit auf mich. „Was ist denn mit *der* los?"

„Sie hat etwas zu viel Bowle intus. Ich bin gleich bei dir."

Er wollte mit Cloey tanzen? Nein! Das ging nicht. Ich wollte ihm sagen, dass er das nicht tun durfte, doch eine plötzliche Müdigkeit überfiel mich. Mein Kopf wurde schwer, sackte nach vorne und landete auf seiner Schulter. „Ich bin so müde. Können wir jetzt nach Hause fahren?"

„Komm schon, Anthony. Du willst doch jetzt noch nicht wirklich gehen? Es ist erst elf." Himmel, wie sehr ich Barbies Stimme hasste. „Bring sie nach oben in eines der Gästezimmer. Sie kann dort schlafen."

„Und dich nicht weiter stören, ja?" Ich brachte gerade noch ein Grollen heraus, als ich meinen Kopf in ihre Richtung drehte, doch meine Augen blieben geschlossen. Ihr angewidertes Grunzen störte mich nicht weiter.

Jemand mischte sich in unsere Unterhaltung ein. „Das würde ich an deiner Stelle nicht tun, Mitchell."

Hunter. Aber wovon redete er?

„In ihrem Zustand ist sie in keinem der Gästezimmer sicher. Du weißt, wie es auf diesen Partys zugeht, je später es wird. Bring sie in mein Zimmer."

„Was?", riefen Tony und ich wie aus einem Mund. Ich saß plötzlich kerzengerade da, meine Augen weit aufgerissen. Der Gedanke, in Ryan Hunters Zimmer zu schlafen, schockierte mich zutiefst. Aber warum Tony so entsetzt war, verstand ich nicht.

Ryan verdrehte die Augen. *Mmh.* Er sah dabei unglaublich heiß aus.

„Macht euch nicht lächerlich. Sie ist lange wach und aus dem Haus, bevor ich überhaupt nach oben komme."

Für einige Sekunden herrschte angespannte Stille.

„Verdammt, jetzt mach schon was er sagt, Anthony. Und beeil dich!", drängte der Barbie Klon.

Tony presste seine Lippen zu einem dünnen Strich zusammen. Ich fragte mich, was es noch gleich war, das er machen sollte.

„Komm, Liz." Er zog mich vom Tresen und begleitete mich zur Tür.

Die fehlende Kontrolle über meine Beine sorgte dafür, dass ich gegen etwas Kaltes, Glänzendes stieß.

„Verzeihen Sie bitte!", sagte ich zum Kühlschrank.

Ryan, direkt hinter mir, fing mich auf, bevor ich gegen mehr Küchenausstattung laufen konnte. „Sagte ich nicht, du sollst dich von den Erdbeeren fernhalten?", brummte er mir ins Ohr.

„Erdbeeren? Da war eine in meinem letzten Glas Traubensoda. Mmh, die war lecker."

„Lecker, alles klar." Er lachte, als er mit seinem Arm hinter meine Knie griff und mich hochhob. „Ich bring' sie in mein Zimmer, Mitchell. Du kannst sie mitnehmen, wenn du gehst. Oder komm morgen Früh zurück und hol' sie."

„Bist du sicher?" Da war sie schon wieder; Tonys besorgte Stimme.

„Ich *bin* sicher. Jetzt hau schon ab und tanz' mit Cloey, sonst nervt sie mich als nächstes."

Mit jeder Stufe, die Ryan mich nach oben trug, wurde die Musik leiser. Ich schlang meine Arme um seinen Hals und legte meinen Kopf auf seine Schulter. „Du willst nicht mit Cloey tanzen?“, murmelte ich.

„Würdest du?“

„Ich würde gar nichts mit ihr tun. Ich kann sie nicht ausstehen.“

„Und ich weiß genau warum“, zog er mich auf.

„Wirklich?“ Ich nahm einen tiefen Atemzug und sog den Geruch seines Aftershaves zusammen mit dem seiner warmen Haut ein. „Du riechst gut.“

Aus irgendeinem Grund brachte ihn das zum Lachen. „Zeit fürs Bett, Matthews.“

Er stieß die Tür auf und trug mich über die Schwelle. Als nächstes legte er mich vorsichtig auf ein weiches Bett. Der gleiche Duft seines Aftershaves hing auch an dem Kissen. Ich atmete tief ein.

Er zog mir die Schuhe aus und streifte mir eine Decke über die Beine. „Alles okay?“

„Ich weiß nicht. Kannst du bitte nachsehen, ob da Rotorblätter aus meinem Kopf wachsen?

Mit geschlossenen Augen fühlte ich, wie Ryans Hand über mein Haar strich. „Das wird besser, sobald du einschläfst. Falls du etwas brauchst, der Lichtschalter ist gleich vor deiner Nase und das Badezimmer ist links, die nächste Tür." Er wartete einen Moment. „Hast du mich verstanden?"

„Licht, Nase. Klo, links. Hab' verstanden." Ich gab ihm ein Daumen-hoch, kämpfte gegen die erdrückende Müdigkeit an und fragte kleinlaut: „Hunter?"

„Hm?"

„Das mit dem verlorenen Pool-Spiel tut mir leid."

Er lachte leise. „Schlaf gut, Prinzessin."

Etwas streichelte ganz sanft meine Wange. Seine Finger? Ich konnte es nicht eindeutig zuordnen, denn ich war bereits dabei, in einen tiefen Schlaf zu sinken. Aber es fühlte sich wirklich gut an.

Eine Tür knallte zu. Völlig verwirrt richtete ich mich auf und stellte fest, dass ich in einem großen Bett saß, inmitten eines Mond-beleuchteten Zimmers, welches mir total fremd war. Die Silhouette der dunklen Gestalt vor mir kam mir jedoch wage bekannt vor.

„Hunter?"

„Du bist immer noch hier?", murmelte er. Meine Anwesenheit hinderte ihn nicht daran, sein Hemd aufzuknöpfen, es auszuziehen und es dann gemeinsam mit seinen Schuhen in eine Ecke zu werfen.

Mein Kopf dröhnte. Ich knetete die Stelle zwischen meinen Augen. „Wo genau ist *hier*? Und warum ziehst du dich aus?“

Der Mond warf einen silbernen Schimmer auf ihn, als er in der Dunkelheit den Blick auf mich richtete. „Das ist mein Zimmer. Und das Teil, auf dem du liegst, ist mein Bett. Da ich normalerweise nicht in meinen Sachen schlafe, dachte ich, ich ziehe sie einfach mal aus.“ Er sprach langsam und etwas undeutlich.

Diese Unterhaltung machte irgendwie keinen Sinn. Ich stöhnte und presste meine Handballen an meine Stirn. Ganz langsam lichtete sich der dicke Nebel in meinem Gehirn und die Erinnerung an letzte Nacht kam zurück. „Ist die Party vorbei?“

„Jemand hat auf den Boden gekotzt. Jep, die Party ist vorbei.“ Seine tiefe Stimme war in der Stille viel zu laut. „Ich schwöre, wenn Claudia nächstes Mal wieder ihre Erdbeerbowle mitbringt, trete ich zum allerersten Mal einem Mädchen in den Arsch. Harmlos, was für ein Blödsinn.“

Ich sah auf meine Armbanduhr. Die Zeiger leuchteten verschwommen im Dunkeln und sobald ich mich nur ein wenig darauf konzentrierte, wurde mir schwindlig. "Wie spät ist es?"

„Drei."

„Drei Uhr *morgens*?", rief ich entsetzt.

„Es ist dunkel draußen. Natürlich ist es drei Uhr *morgens*."

Ich schlug die Decke zurück und sprang aus dem Bett. Aber die Schwerkraft war ein mieses Stück und im nächsten Moment fiel ich wie ein nasser Sack zu Boden. Ich tappte im Dunkeln nach meinen Schuhen. Ich hätte schon seit Stunden zu Hause sein müssen. Meine Mutter würde ausflippen.

Ich versuchte aufzustehen. „Wo sind meine Schuhe?"

„Was hast du vor?"

In Panik ausbrechen! Weil ich in einem fremden Haus gefangen war. „Ich gehe nach Hause!" Scheiße, mein dröhnender Kopf versuchte mir eindeutig zu vermitteln, es etwas langsamer angehen zu lassen. Und schnelles Sprechen war sowieso unmöglich.

„Oh-wow." Ryan legte seine Hände auf meine Schultern und drückte mich zurück aufs Bett. „Keine gute Idee. Da wir uns bereits einig sind, dass es mitten in der Nacht ist…und du betrunken bist—"

„Betrunken? *Nein!*" Ich trank keinen Alkohol. Und Soda machte mein Hirn sicher nicht so schwammig. Allerdings musste ich zugeben, dass entweder mit mir oder mit dem Zimmer etwas nicht stimmte, denn plötzlich drehte sich wieder alles um mich.

Hunter winkte ab. „Wie auch immer. Das kann ich nicht zulassen."

„Was?"

„Dass du alleine heimgehst."

Ich kniff die Augen zusammen. „Du willst mitkommen?" Seltsam. Sollte Tony nicht eigentlich hier sein, um mich nach Hause zu fahren?

„Es sind eineinhalb Meilen bis zu deinem Haus. Das bedeutet, drei Meilen Fußmarsch für mich. Ich bin ziemlich sicher, dass ich das heute Nacht nicht mehr schaffe." Die Matratze sank unter seinem Gewicht ein, als er sich neben mich setzte. „Also wenn du unbedingt nach Hause willst, muss ich dich fahren. Und *das* würde ich heute Nacht lieber vermeiden."

Sogar im Sitzen wankte Hunter vor mir hin und her. Doch da das Zimmer ebenfalls schwankte, war ich nicht sicher, ob wirklich er es war oder ob ich irgendwelche sonderbaren Halluzinationen hatte. „Und was mache ich jetzt?"

„Ich würde sagen, leg dich hin. Schlaf. Und morgen finden wir eine Lösung."

„Was ist mit dir?"

Er sah sich im Zimmer um und kratzte sich dabei im Genick. „Der Boden ist hart. Und ich bin zerschlagen. Das Bett ist groß genug für zwei." Sein letzter Satz klang eher nach einer Frage.

Mir wurde übel—und nicht, weil er mich gerade gebeten hatte, sein Bett mit ihm zu teilen. Mir drehte sich der Magen um. Ein saurer Sodageschmack stieg mir die Speiseröhre hoch. Es gab nur eine Möglichkeit, um mich nicht auf den gesamten Boden zu übergeben. Ich musste mich hinlegen.

Ich sackte zur Seite und vergrub mein Gesicht in seinem Kissen. Stöhnend hielt ich ein Auge offen und konzentrierte mich auf die Lampe auf seinem Nachttisch. Wenn doch nur mein Kopf aufhören würde, Karussell zu fahren.

„Definitiv die richtige Entscheidung, Matthews", murmelte Ryan. Er fasste mein Schweigen wohl als Erlaubnis auf und ließ sich neben mich in das Kissen fallen. Sollte mich das stören? Ich war nicht sicher.

Ryan drehte sich zu mir und grinste gefährlich. „Ich verspreche, in den nächsten drei bis sechs Stunden bist du vor mir sicher. Danach kann ich allerdings für nichts garantieren."

KAPITEL

5

AM FOLGENDEN MORGEN weckte mich die Sonne, deren warme Strahlen durch das Fenster hereinfielen. Mir war, als würde ich auf einer Luftmatratze aufs unruhige Meer hinaustreiben. Erst nach einigen Minuten hatte das unangenehme Schaukeln ein Ende und ich konnte klar denken.

Meine Wange war auf ein Kissen gebettet, das nach Piniennadeln und Patschuli roch. Ich atmete tief ein und wollte diesen Duft für immer in meiner Erinnerung behalten. Als ich meine Augen öffnete, konnte ich nur eines sehen. Die sinnlichen Lippen von Ryan Hunter. Meine Hand lag flach auf seiner nackten Brust.

Heiliger Strohsack, was war passiert? Wieso lag ich im selben Bett mit dem Kapitän der Fußballmannschaft? Ich hätte wohl besser nicht auf diese Party gehen sollen.

Mein einziger Gedanke war *Lauf!* Aber als mir bewusst wurde, welch chaotische Stellung Ryan und ich im Schlaf angenommen hatten, konnte ich mich vor Schreck kaum bewegen.

Zur Seite gedreht, hatte ich mein linkes Bein über seine Hüfte geschlungen. Mein Schenkel lag bequem in seiner Leiste. Er lag auf dem Rücken und gab mir mit seinem angewinkelten linken Bein keine Möglichkeit, meines von ihm wegzuziehen. Ich versuchte, mein Zittern unter Kontrolle zu bekommen. Keine Chance.

Ich lag still. Das Schlimmste, das jetzt passieren konnte, war, dass Ryan aufwachen würde. In meinem Kopf spielte ich sämtliche Fluchtmöglichkeiten durch. Fantastisch! Es gab keine einzige. Ich war gefangen.

Vielleicht, wenn ich ganz still liegenblieb und so tat, als würde ich noch schlafen, bis er aufwachte und aufstand... Ja, dann könnte ich heimlich hinausschleichen und verschwinden, bevor er überhaupt etwas merkte. Ich hätte mich selbst für diese schwachsinnige Idee geohrfeigt, wenn ich den Mumm gehabt hätte, meine Hand von seiner Brust zu nehmen.

Und welch starke Brust das war. Neben dem Fußballtraining stemmte er wohl Gewichte. Als ob meine Augen einen eigenen Willen hatten, streifte mein Blick über seinen athletischen Körper. Ein dünner Streifen feiner Härchen führte von seinem Nabel über seinen flachen Bauch, bis er unter dem Bund seiner Jeans verschwand. Sein abgewinkeltes Bein wirkte unglaublich lang. Ich hatte dem nie Beachtung geschenkt, aber er musste fast einen Kopf größer sein als ich.

Meine Aufmerksamkeit wanderte wieder nach oben, zu dem Teil seines Gesichts, das nicht von seinem Arm bedeckt war. Kräftige Wangenknochen und eine perfekt geformte Nase. Sein Dreitagebart flehte mich an, mit der Handfläche darüber zu streichen. Ich widerstand der Versuchung. Unter seinem linken Ohr entdeckte ich eine alte Narbe, etwa halb so lang wie mein kleiner Finger. Sie würde nie jemandem auffallen, der nicht gerade so nah neben ihm lag, wie ich jetzt.

Plötzlich zuckte sein Mundwinkel. „Ich kann spüren, wie du mich beobachtest. Ich hoffe nur, du bist ein Mädchen und nicht einer der betrunkenen Jungs."

Mir stockte der Atem. Blitzschnell zog ich meine Hand von seiner Brust. Er ließ seinen Arm locker über seinen Augen liegen. Mit der anderen Hand griff er nach unten und begann langsam über meinen nackten Oberschenkel zu streichen, in Richtung meines Hinterns.

„Definitiv weiblich“, schnurrte er wie ein Kater.

Panisch hielt ich seine Hand fest. „Einen Zentimeter weiter und du bist ein toter Mann, Hunter.“

„Matthews?“ Seine Stimme klang angenehm überrascht. Im Gegensatz zu mir wirkte er total entspannt.

Eine ungewöhnliche Hitze stieg in mir auf, als ich auf seine Hand an meinem Bein starrte. Mit nichts weiter an, als seiner Jeans und der schwarzen Armbanduhr, sah er eher aus, wie einer der Kerle auf den vielen Postern in Caroline Davis' Zimmer und nicht, wie der Junge, den ich aus der Schule kannte.

Ich kam mir albern vor, weil ich seine Hand nicht losließ, doch ich hatte Angst, er würde sonst den Weg bis zu meinem Hintern fortsetzen.

Ryan nahm seinen Arm vom Gesicht und wandte sich zu mir. „Sag' schon, Matthews. Warum liegst du in meinem Bett, wenn ich dich nicht anfassen darf?“

„Ich wusste nicht, dass Erdbeeren in der Limo waren."

Auf seiner Stirn erschienen Falten und dann presste er die Lippen aufeinander. „Nochmal bitte?"

Himmel, merkte er nicht, dass er immer noch mein Bein festhielt und wie irritierend...und gleichzeitig erregend...das für mich war?

„Jemand hat mir den ganzen Abend lang Traubensaft gebracht." Meine Stimme bebte leicht. „Ich hatte keine Ahnung, dass du die Bowle meintest, als du mich gewarnt hast—"

„—dich von den Erdbeeren fernzuhalten", vollendete er den Satz für mich und schloss dabei seine Augen. „Verdammt, und ich hab Claudia noch gesagt, das Zeug nicht zu sehr zu panschen."

Was? Die Bowle? Ich war mir ziemlich sicher, dass ich gestern Abend zu viel von diesem Grog getrunken hatte.

Ryan blickte mich schuldbewusst an. „Tut mir leid, aber ich kann mich nur noch wage daran erinnern, was passiert ist, nachdem ich dich gestern Nacht hier rauf getragen habe. Bin ich in Schwierigkeiten?"

Da ich meine Kleider noch an hatte, war letzte Nacht wohl nichts passiert. „Soweit ich mich erinnere, warst du selbst ziemlich betrunken. Also war ich einigermaßen sicher vor dir."

Ein verschmitztes Lächeln spielte auf seinen Lippen. „Ich fürchte, meine gleichgültige Phase ist vorbei." Sein Daumen zeichnete plötzlich kleine Kreise auf meiner Haut. „Und wenn *du* nicht in Schwierigkeiten geraten willst, schlage ich vor, du nimmst dein Bein von meiner Hüfte."

Meine Augen weiteten sich nach dieser anzüglichen Drohung.

„Was ist? Du weißt, dass du nicht gerade das hässlichste Mädchen der Welt bist."

Wow, was für ein Kompliment. Idiot. Ich musste von hier verschwinden. Zurück zu...zu... Verdammt, Ryan hatte aber auch ein süßes Lächeln.

Ich verdrängte den Gedanken und ließ seine Hand los, dann drückte ich sein Knie nach unten, damit ich mein Bein befreien konnte. Schneller als der transatlantische Express war ich raus aus seinem Bett. Aber die Nachwirkungen einer alkoholreichen Nacht waren stärker, als ich vermutet hatte. Der Boden sauste auf mich zu oder ich stürzte, ich konnte nicht genau sagen, was von beiden.

Ryans Hände an meinen Ellenbogen hielten mich auf, bevor ich fallen konnte. Er wartete, bis ich zu ihm hoch blickte. „Besser?"

„Nicht wirklich." Ich suchte nach meinen Schuhen. Sie lagen am Bettende und ich befreite mich aus Hunters Griff, um sie anzuziehen.

Er ignorierte seine Sportschuhe und sein Hemd, die am Boden in einer Ecke lagen. Barfuß lief er zur Tür hinaus und die Treppe hinunter. Ich folgte ihm und musste die ganze Zeit auf seinen Rücken gaffen. Was war das bloß in letzter Zeit mit mir und nackter Haut, dass der Rest der Welt um mich keine Bedeutung mehr hatte?

„Hey Ry!", rief jemand aus dem großen, gewölbten Raum, in den die Stufen führten.

„Hi Chris", sagte Hunter zu dem Jungen, der ausgestreckt auf der Couch lag. Er ging einfach weiter, als wäre es für ihn das Natürlichste der Welt, am Morgen nach einer Party mit einem Mädchen aus seinem Zimmer zu kommen.

Es mochte für ihn vielleicht nichts Ungewöhnliches sein, aber für mich war es das ganz sicher. Ich spürte, wie mein Gesicht diese furchtbare, rote Farbe annahm. Himmel, wäre ich doch lieber aus dem Fenster gesprungen. Wie konnte ich nur in eine solch peinliche Situation geraten? Niemand sollte falsche Schlüsse ziehen. Und da waren noch einige marschunfähige Gäste von letzter Nacht übrig, die uns alle interessiert beobachteten.

Sehnsüchtig blickte ich zur Eingangstür, die eine Flucht ins Freie versprach. Leider hatte Hunter andere Pläne. Er zog mich in die Küche. Als er meine Hand losließ, blieb ich wie angewurzelt in der Mitte des Raumes stehen. Er ging zum Kühlschrank, nahm zwei Flaschen Wasser heraus und warf je eine Tablette hinein, die er zuvor aus einem Küchenschrank geholte hatte. Die Brausetablette sprudelte noch munter vor sich hin, als er mir eine der Flaschen in die Hand drückte und sich gegen den Tresen lehnte.

Ich wagte nicht den kleinsten Schluck.

„Warum so misstrauisch, Matthews? Das hilft gegen die Kopfschmerzen."

Wegen dieses vermeintlich unschuldig aussehenden Traubensaftes war ich überhaupt erst in diese missliche Lage geraten, weshalb ich ein klein wenig skeptisch war. Allerdings trank er das gleiche Zeug, somit war es wohl sicher genug, es wenigstens zu probieren. Zaghaft schnupperte ich an dem Getränk.

Schließlich setzte ich die Flasche an und nahm einen Schluck.

„Du vertraust mir nicht, habe ich recht?"

Er fand das wohl erheiternd.

„Warum sollte ich auch? Ich bin heute Morgen völlig verkatert aufgewacht, nach harmloser Soda. Nicht zu vergessen, ein genauso betrunkener Junge hat die halbe Nacht neben mir geschlafen."

„Äh, ja, das tut mir leid. Ich trinke normalerweise nicht auf meinen eigenen Partys. Und eins versichere ich dir. Claudia werde ich mir wegen der gepanschten Bowle noch vorknöpfen."

Ich fing langsam echt an das Wort *Bowle* zu hassen. Und das Gesöff noch viel mehr.

„Mach dir keine Sorgen", sagte Hunter. „Solange du heute genügend trinkst, ist alles okay."

„Ich fühle mich, als wäre eine Baustelle in meinem Schädel."

„Oh ja, das Gefühl kenne ich. Gib mir nur schnell eine Minute, um zu duschen, dann fahre ich dich nach Hause."

„Nein!", entfuhr es mir. Scheiße, panisches Schreien war keine gute Idee. Ich verzog das Gesicht zu einer Grimasse und massierte meine Schläfen, wodurch das Dröhnen in meinem Kopf etwas nachließ.

„Nein danke“, versuchte ich es noch einmal in einem ruhigeren Ton. Ich wollte nur raus aus diesem Haus. „Ich gehe lieber zu Fuß, um frische Luft zu schnappen und ein wenig auszunüchtern, bevor ich meinen Eltern gegenübertrete. Meine Mutter wird ausrasten.“

„Wie du meinst.“ Ryan begleitete mich zur Eingangstür. „Soll ich dir meine Sonnenbrille leihen?“

„Warum sollte ich die haben wollen?“ In dem Moment, als ich die Haustür öffnete, wusste ich warum. Wie Dracula wich ich zurück in den Schatten und prallte gegen Ryans Brust, welche immer noch nackt war… und verdammt gut geformt.

Er fasste um mich herum und bot mir seine Sonnenbrille an, die er gerade von Gott weiß woher genommen hatte. Sein angenehmer Duft hüllte mich ein. Für eine Millisekunde stoppte das Dröhnen in meinem Kopf und ich dachte, ich bekäme aus einem ganz anderen Grund weiche Knie.

„Glaub’ mir, ich weiß, was du brauchst“, flüsterte er mir ins Ohr. Das provokative Grinsen, das in seiner Stimme mitschwang, war unüberhörbar. Oh Mann, mein Herz fing an zu rasen. Doch im nächsten Moment wurde mir klar, dass er eigentlich nur die Sonnenbrille gemeint hatte.

Ich nahm die Brille, setzte sie auf, wand mich aus seiner lockeren Umarmung und trat ins Freie. Dann stapfte ich die Stufen hinunter.

„Hey, Matthews!", rief er.

Ich blieb stehen und warf ihm einen Blick über die Schulter zu.

„Wir beginnen morgen mit dem Training. Sieh zu, dass du um fünf Uhr bereit bist. Ich hole dich ab." Damit schloss er die Tür.

Fünf Uhr? War er jetzt total übergeschnappt? Völlig perplex blieb mir der Mund offen stehen. Das konnte nur ein schlechter Scherz sein.

KAPITEL

6

KURZ NACH HALB elf schlich ich zur Haustür hinein. Mom stand im Türrahmen zur Küche und hielt sich den Telefonhörer ans Ohr. Erleichterung stand ihr ins Gesicht geschrieben, als sie mich sah.

„Hallo Schatz! Warum hast du dein Handy nicht mitgenommen? Ich wollte gerade Tony anrufen, um zu sehen, ob alles in Ordnung ist."

Dem Himmel sei Dank für die vielen Male, die ich in den letzten zehn Jahren bei Tony übernachtet hatte. Für Mom war es nichts Ungewöhnliches, falls ich mal nicht nach Hause kam. Ich verspürte das Bedürfnis, mich zu bekreuzigen. Doch stattdessen setzte ich ein, wie ich hoffte, unbekümmertes Lächeln auf.

„Wie war die Party?", fragte sie in einem beiläufigen Ton.

„Ganz nett."

„Wann war sie denn zu Ende?“

„Kurz nach drei?“ Fantastisch. Wenn es mir gelang, noch schuldiger zu klingen, würde sie mich an den Stuhl fesseln und ins Kreuzverhör nehmen. Glücklicherweise verschwanden die Sorgenfalten auf ihrer Stirn Sekunden später. Sie fragte, ob ich Hunger hatte und wollte mir sogar mein Lieblingsfrühstück machen; Eier mit Speck.

Bitte, bloß nicht. Mir wurde übel. Das Glucksen meines Magens rebellierte verräterisch im Raum. Ich konnte nichts anderes tun, als die Nase hochzuziehen und zu würgen.

„Was ist los? Geht's dir nicht gut?“ Sie stand vor mir und nahm meine Hand, bevor ich zur Treppe hinauf entwischen konnte.

Ich nahm Hunters Sonnenbrille ab und knetete die Stelle zwischen meinen Augen. „Nein, alles okay.“

„Was ist mit deinen Augen, Schätzchen?“

Verdammt. Ich senkte meinen Blick, um dem ihren auszuweichen. Zu spät. Sie schnappte nach Luft. „Die sind ja ganz rot! Liza Isadora Matthews—“

Großartig. Sie benutzte meinen vollen Namen. Das würde übel werden.

„Hast du etwa Alkohol getrunken?“

Im Gegensatz zu ihrem Geschrei wurde meine Stimme piepsig. „Nur ganz wenig, ich schwör's. Und außerdem hatte ich keine Ahnung, dass Alkohol in der Limo war."

Von da an zog sie alle Register des elterlichen Orchesters durch. Sie schrie mich an, sie fauchte, sie nannte mich unverantwortlich. Doch das Schlimmste war, sie verpasste mir Hausarrest.

Die einzige Zeit, in der ich die Sonne sehen würde, war beim Fußballtraining, dienstags und donnerstags, und auch nur deshalb, weil ich vor ihr auf den Knien rutschte und bettelte. Schließlich konnte ich nicht schon in der ersten Woche das Training versäumen, wenn es doch so schwer war, ins Team aufgenommen zu werden.

Letzten Endes brachte mir Mom ein Glas Wasser, drückte mich und sagte mir, wie froh sie war, dass ich zumindest nicht verletzt war. Ja genau, sie hatte ja auch keinen blassen Schimmer davon, wie furchtbar mein Kopf dröhnte.

Oben in meinem Zimmer plumpste ich aufs Bett und schmiedete Pläne für eine Woche in Gefangenschaft. Wenigstens würde der Stapel Bücher, den ich mir vorgenommen hatte zu lesen, dadurch endlich schrumpfen.

Am frühen Nachmittag vibrierte mein Handy auf dem Nachttisch. Tonys Name blinkte auf dem Display. Ich hob nicht ab, sondern drückte gleich den roten Knopf, um die Verbindung zu unterbrechen. Es einfach nur Läuten zu lassen, war nicht genug. Er sollte wissen, dass ich keine Lust hatte, mit ihm zu sprechen.

Einige Augenblicke später bekam ich eine SMS. BIST DU BÖSE?

Idiot. Ich würde darauf nicht antworten.

Es dauerte nicht lange, bis die nächste Nachricht hereinkam. DIE FRAGE IST ALSO NICHT *OB* SONDERN *WIE SEHR*.

Ich knirschte mit den Zähnen, als ich eine Antwort tippte.

ICH WACHTE HEUTE MORGEN IN EINEM FREMDEN HAUS, IN EINEM FREMDEN BETT AUF UND EIN FREMDER SCHLIEF NEBEN MIR. ALSO WAS DENKST DU *WIE SEHR*?

Dann nahm ich mein Buch und las weitere drei Zeilen, bevor mein Handy erneut piepste.

WAS HAT HUNTER MIT DIR GEMACHT? ICH BRINGE IHN UM!

ER HAT GAR NICHTS GEMACHT. ER WAR EIN ECHTER GENTLEMAN. IM GEGENSATZ ZU DIR, DU IDIOT!

Es folgte keine SMS mehr. Aber kurz darauf läutete mein Telefon erneut. Dieses Mal nahm ich ab. „Was ist?“

„Es tut mir leid.“

„Drauf geschissen. Du hast mich in Hunters Haus vergessen."

Er seufzte, bevor er antwortete. „Ich habe dich nicht vergessen. Es war mitten in der Nacht. Ich dachte, in deinem Zustand—"

„Betrunken?"

„Genau. Ich hielt es für keine gute Idee, dich nach Hause zu bringen, wo deine Mom sicher ausrasten würde. Du schienst in Hunters Zimmer gut aufgehoben. Er hat versprochen, er würde erst nach oben kommen, wenn du schon lange weg bist."

„Wann bist du abgehauen?"

„Um eins. Wieso?"

Also konnte er nicht wissen was passiert war. „Jemand hat auf den Fußboden gereiert. Die Party war um drei zu Ende."

„Shit." Er machte eine kurze Pause. „Also… kommst du nachher mit runter zum Strand? Ein paar von uns wollen dort abhängen."

„Kann nicht. Ich habe Hausarrest. Wird Cloey auch da sein?"

„Äh… ja."

Großartig. Der Frust trieb mir die Tränen in die Augen.

„Du kennst sie doch erst seit gestern. Ich verstehe nicht, warum du sie so sehr hasst."

„Du weißt genau, was ich von solchen Zicken halte."

„Sie ist keine Zicke", versuchte Tony mich zu beruhigen. „Ihr werdet euch sicher verstehen, sobald ihr euch richtig kennt."

„Nein danke. Da bleib ich lieber für den Rest des Sommers in meinem Zimmer eingeschlossen."

„Ah, Liz. Seit wann bist du nur so *kompliziert*?"

Ich? Kompliziert? „Weißt du was? Ich wünsche dir einen netten Tag am Strand. Wenn du nichts dagegen hast, ich habe noch ein Buch fertig zu lesen." Ich wartete nicht ab, ob er sich verabschiedete oder sonst etwas sagte, sondern legte auf und pfefferte mein Handy in den Wäschekorb auf der anderen Seite des Zimmers. Tony konnte mir gestohlen bleiben und den Barbie Klon sollte er sich sonst wohin stecken. Sollten sie doch alle zur Hölle fahren.

Als die ersten Tränen eine brennende Spur auf meinen Wangen hinterließen, war ich derart wütend, ich hätte am liebsten mein komplettes Zimmer auseinandergenommen. Da ich aber in der kommenden Woche mehr Zeit als üblich innerhalb dieser vier Wände verbringen würde und keinesfalls in einer

Ruine hausen wollte, musste ich mich erst einmal irgendwie beruhigen. Also schnappte ich mir mein Tagebuch, warf mich aufs Bett und schrieb mir den angestauten Ärger über Tony und Blondie von der Seele. Abends sah ich kurz fern, ging dann aber früh zu Bett.

Es war noch stockdunkel draußen, als jemand mit gedämpfter Stimme meinen Namen rief. Schlagartig war ich hellwach. Da mich nicht viele Leute beim Nachnamen riefen, sprang ich aus meinem Bett. Mein Herz pochte heftig in meiner Brust. Ich huschte zum Fenster. Ryan Hunter stand unten in unserem Vorgarten, gekleidet in Shorts und einem schwarzen T-Shirt.

„Hi“, sagte er leise. „Du siehst nicht aus, als ob du bereit wärst loszulegen.“

Mit den Händen auf dem Sims, lehnte ich mich weit nach draußen und gab mir Mühe, nicht allzu schockiert zu klingen. „Woher wusstest du, dass das mein Fenster ist?“

„Wusste ich nicht. Dachte, ich probier einfach mal alle durch.“

Oh mein Gott. „Wie viele Fenster hast du denn probiert?“

„Deines.“

Erleichtert atmete ich einige Male tief ein und aus. Okay. *Oh-kay.* Unter meinem Fenster stand der Kapitän des Fußballteams und ich stand hier im Tank-Top und Boxershorts. Na ja, es war ja immerhin erst fünf Uhr morgens.

„Kommst du jetzt, oder was?"

„Ich kann nicht. Ich habe Hausarrest."

Ein verschmitztes Lächeln zuckte über seine Lippen. „Weil du mit mir geschlafen hast?"

„Nein…? Weil die Traubensoda nicht ganz koscher war", flüsterte ich zurück, konnte mir aber ein Grinsen kaum verkneifen.

„Wie lange hast du Hausarrest?"

„Die ganze Woche. Aber ich darf zum Training kommen."

„Zumindest das." Er kratzte sich am Kinn und inspizierte meinen Garten, besonders den Geräteschuppen und den Baum vor meinem Fenster. „Wann stehst du für gewöhnlich auf?"

Was war das denn für eine Frage? „Keine Ahnung. Acht, neun, manchmal auch später."

„Das verschafft uns mindestens drei Stunden, bis dich jemand zum Frühstuck erwartet." Sein linker Mundwinkel wanderte nach oben. Er neigte den Kopf. „Komm raus!"

„Was?“

„Zieh dich an und kletter’ auf das Dach der Hütte. Ich helfe dir dann runter.“

Ein heiseres Lachen entfuhr mir. „Du bist verrückt!“

„*Du* bist ein Feigling.“

„Bin ich nicht!“

„Beweise es.“

Das ließ mich verstummen. Tony benutzte den Baum und den Schuppen seit Jahren, um in mein Zimmer zu gelangen. Aber mit einem eigenen Haustürschlüssel hatte ich noch nie das Bedürfnis verspürt, dies auch zu tun.

„Was ist jetzt?“, drängte mich Ryan.

„Na schön. Gib mir eine Minute.“ Er war wahnsinnig. Und ich war noch verrückter, weil ich mich auf diese dumme Idee einließ. Doch was hatte ich schon zu verlieren? Abgesehen von einer weiteren Woche Freiheit für eine waghalsige Flucht aus meinem Zimmer natürlich.

Ich schlüpfte in ein Paar Shorts, streifte mir ein weißes T-Shirt über und zog meine Laufschuhe an. Mein Haar band ich zu einem hohen Pferdeschwanz. Dann ging ich zurück zum Fenster. Hunter lehnte gelassen am

Ahornbaum. Er richtete sich auf als er mich sah.

Zuerst noch etwas zittrig, schwang ich ein Bein durch das Fenster und klammerte mich dann am Fensterbrett fest, um mich auf das Dach des Schuppens hinunterzulassen.

„Sehr gut.“ Ryans leise Stimme klang schon etwas näher. „Jetzt häng’ dich da an den Ast.“

Was? „Ich werde mir das Genick brechen, wenn ich runterfalle.“ Wäre ich bloß in meinem Zimmer geblieben, verflixt noch mal.

„Ich lass dich nicht fallen. Ich verspreche es.“ Er streckte mir seine Arme entgegen, so als ob er mich auffangen wollte.

Ich holte tief Luft, fasste den nächsten Ast und machte einen zaghaften Schritt nach vorn, runter vom Dach. Ein ängstliches Wimmern blieb mir in der Kehle stecken. Meine Füße baumelten vor seinem Gesicht. Ryan trat näher und schob seine Hände an meinen Schenkeln nach oben bis unter meinen Hintern. Hatte er überhaupt die leiseste Ahnung, was das bei mir auslöste…? Mein Mund wurde trocken und meine Hände wurden feucht.

„Ich hab’ dich. Lass los!“

„Nein“, wimmerte ich und grub meine Fingernägel noch fester in die Rinde des Astes.

Er lachte und mir wurde augenblicklich bewusst, wie sehr mir dieses Geräusch gefiel. Es wirkte irgendwie beruhigend.

„Lass jetzt den Ast los, Matthews!“

„Nngh.“ Ich brachte all meinen Mut auf und lockerte meine Finger. Ryan hielt mich fest. Sobald ich ganz losgelassen hatte, griff ich nach unten und klammerte mich an seine Schultern.

Mit seinen Armen locker um mich geschlungen, ließ er mich sanft an sich herabgleiten. Als ich endlich festen Boden unter den Füßen spürte, sah ich zu ihm hoch. Er hielt mich etwas länger als nötig gegen sich gepresst. Dann begann er langsam zu grinsen. „Hi.“

KAPITEL

7

DER AUFREGENDE DUFT von Ryan Hunter legte sich um mich, genau wie seine Arme. Tony hatte mich schon unzählige Male umarmt, aber das hier war anders. Ein heißer Schauer durchzuckte mich. Ich trat einen Schritt zurück.

Ryan versuchte gar nicht erst, sein Grinsen zu verbergen. „Können wir?"

„Wohin?"

„Runter zum Strand."

Machte er Witze? Bis dahin waren es gut eineinhalb Meilen. Ich würde bestimmt schon nach der halben Strecke tot umfallen. Doch ich wollte kein Jammerlappen sein. Ich nickte und gemeinsam liefen wir in einem langsamen Tempo los.

So früh am Morgen war es in den Straßen ungewöhnlich still und menschenleer. Ich konnte mich nicht erinnern, wann ich das letzte Mal so früh draußen gewesen war. Die tagsüber bunten Fassaden der Häuser in unserer Straße wirkten heute alle fade und grau. Fünf Uhr war eindeutig zu früh um Sport zu treiben.

„Waren deine Eltern sauer, weil du letzte Nacht nicht nach Hause gekommen bist?“, fragte Ryan nach der ersten Viertelmeile mit völlig gelassener Stimme.

Erwartete er allen Ernstes, dass ich lief *und* redete? Mein Atem kam unkontrolliert, trotzdem gelang es mir keuchend zu antworten: „Nein. Sie dachten, ich hätte bei Tony geschlafen. Das stört sie nicht.“

„Machst du das öfter?“

„Hast du etwa was dagegen?“

Er warf mir einen scharfen Blick zu. Verdammt, was sollte das denn? Störte es ihn etwa tatsächlich?

„Weswegen dann der Hausarrest?“, wollte er wissen, als wir eine Kreuzung überquerten. Wir näherten uns dem Ozean. Das Geräusch der Wellen am Strand durchbrach die Morgenstille.

„Meine Mutter hat meine roten Augen gesehen. Sie schloss daraus, dass ich getrunken hatte. Verdammt!“ Ich schnaubte.

Schweiß lief mir den Rücken hinunter. „Ich habe deine Sonnenbrille vergessen."

„Kein Problem. Du kannst sie mir morgen beim Training zurückgeben."

Wie machte er das nur? Er lief so weit und seine Atmung hörte sich immer noch an, als würde er gemütlich zu Hause auf der Couch lümmeln. Ich hingegen musste nach Luft schnappen und nickte nur. Der Strand war bereits in Sicht. Nur noch wenige Meter, sagte ich mir selbst. Ich strengte mich noch einmal an, dann stand ich mit beiden Beinen im Sand und brach zusammen.

Wie ein Sack Mehl sank ich zu Boden, rollte mich auf den Rücken und betrachtete den rosa Himmel.

Ryan stand über mir. „Was machst du da?"

„Ich sterbe."

„Nein, tust du nicht. Jetzt steh auf, wir sind noch nicht fertig."

„Ich *bin* fertig." Ich klang wie ein altes Weib auf dem Totenbett. „Aber kümmere dich nicht um mich. Lauf ruhig weiter. Ich bin sicher, in ein paar Stunden wird jemand kommen und mich vom Asphalt kratzen... oder aus dem Sand graben... was auch immer." Ich streckte alle Viere von mir.

Sein verführerisches Lachen drang an mein Ohr. Unglaublich, mit welcher Stärke dieses Geräusch in mir den Wunsch weckte, stark genug zu sein, um aufzustehen und mit ihm weiterzulaufen. Und das alles nur, um in seiner Nähe zu sein. Das Glück war heute wohl auf meiner Seite, denn einen Moment später kniete Ryan sich neben mich in den Sand… und öffnete meine Schnürsenkel?

„Hey, was zum Teufel—?" Ich zog meine Beine weg. „Man stiehlt nicht von sterbenden Leuten."

Er hielt die Hände hoch. „Schön, dann zieh sie eben selbst aus."

„Und warum?" Schockiert und auch ein wenig neugierig stützte ich mich auf meine Ellenbogen. Ich beobachtete ihn, wie er seine Schuhbänder löste. Hoffnung erfüllte mich. „Gehen wir schwimmen, um uns abzukühlen?"

„Nein. Die Strecke hierher war nur das Warm-up. Das eigentliche Training beginnt hier."

„Das ist nicht dein Ernst." Was hatte er nur die ganze Zeit mit diesem Warm-up? Mir war bereits heiß genug, als wir um die Ecke an meinem Haus gebogen waren.

Er zog die Augenbrauen hoch. „Wollen wir wetten?“

Verdammt. Es war sein Ernst. Bereit, wieder in den Sand zu plumpsen und zu heulen, biss ich stattdessen die Zähne zusammen, klammerte mich an den letzten Rest Stolz, den ich noch besaß, und richtete mich auf, um meine Schuhe auszuziehen. Wir versteckten sie gemeinsam nahe den Felsen, wo sie niemand finden würde, und dann ging die Qual erst richtig los. Ich hatte geglaubt, es wäre anstrengend gewesen, zum Strand runter zu joggen, doch gegen das Laufen im Sand war es gar kein Vergleich. Nach zweihundert Metern begannen meine Waden zu brennen wie Feuer.

Ich kämpfte, um mit Ryan Schritt zu halten und strafte ihn mit einem verachtungsvollen Blick. Er grinste nur dumm und ich knirschte mit den Zähnen. „Wissen deine Eltern eigentlich von deiner sadistischen Seite?“

Er zupfte leicht an meinem Pferdeschwanz. „Was soll ich sagen? Du bringst das Beste in mir zum Vorschein.“

„Oh, wie nett. Gerade fühle ich mich ja so besonders.“ Das Laufen fiel mir von Schritt zu Schritt schwerer. Es fühlte sich an, als hätte jemand Blei an meine Beine gebunden. „Wie weit laufen wir noch?“

„Ich bin diese Strecke noch nie gerannt, aber ich denke, es ist noch etwa eine halbe Meile. Kennst du die Bungalows am Misty Beach?

Ich nickte. Jeder kannte sie. Misty Beach war der Ort für die Reichen und Schönen. „Haben deine Eltern dort ein Haus?“

„Jep.“

Das überraschte mich nicht. Nachdem ich die riesige Villa gesehen hatte, in der er lebte, war anzunehmen, dass die Hunters auch ein Strandhaus besaßen. Schon komisch; in den letzten beiden Tagen wirkte Ryan gar nicht, wie der reiche verzogene Bengel, für den ich ihn immer gehalten hatte. Er war eigentlich ganz erträglich. Sogar irgendwie nett.

Nur nicht gerade eben. Ich war fertig mit der Welt und machte ein finsteres Gesicht. Als ich dachte, ich könnte keine zwei Schritte mehr laufen, nahm er meine Hand und schleifte mich weiter über den Strand. Der Sand gab unter meinen Füßen nach und es kam mir vor, als liefe ich auf Pudding. Jeder freie Quadratzentimeter meiner Haut glänzte vor Schweiß. Mein durchnässtes Top klebte an meiner Brust.

Endlich sahen wir Misty Beach. Ich stolperte an seiner Seite vorwärts und flehte um einen Schluck Wasser. „Lass mich los und ich schwöre, ich trinke den ganzen Ozean leer."

„Kopf hoch, Matthews. Du hast es gleich geschafft", sagte des Königs treuester Folterknecht.

Ryan führte mich zum schönsten Bungalow an diesem Strandabschnitt. Das Haus war weiß gestrichen und eine Veranda führte rundherum. Darauf befanden sich einige nette und bequem wirkende Korbmöbel und sogar eine Hollywoodschaukel. Beides lud ein, darin zu relaxen. Ryan fischte ein Schlüsselbund aus einer großen Topfpflanze, die auf dem breiten Geländer stand, und ließ uns ins Haus. Die moderne Tür ohne Griff fiel hinter uns ins Schloss.

Der Bungalow hatte eine Küche und vielleicht zwei oder drei Schlafzimmer im hinteren Bereich. Wir betraten ein gemütliches Wohnzimmer mit einer bequem aussehenden Couch, einem Flachbildfernseher und einem überraschend großen Bücherregal. Jemand schien hier wirklich gerne zu lesen.

Als Ryan in die Küche marschierte, um uns etwas zu trinken zu holen, sackte ich gegen die Wand und rang nach Atem. Er warf mir eine Wasserflasche zu. Es hatte noch nie besser geschmeckt.

Mein Puls blieb noch für einige Zeit jenseits einer messbaren Skala, aber ich war froh, dass ich sprechen konnte, ohne nach Luft zu schnappen, wie ein Fisch auf dem Trockenen. „Nun sag' schon, oh großer Folterer, warum mussten wir unbedingt im Sand laufen? Zählt es zu deinen besonderen Vorlieben, Mädchen wie mich leiden zu sehen?"

Er verdrehte die Augen und schenkte mir ein verschmitztes Lächeln, das nicht einmal Tony übertreffen konnte. „Wieso denkst du nur so schlecht von mir?"

„Ich weiß nicht. Vielleicht weil ich meine Lunge unterwegs verloren habe? Oder weil meine Beine in Flammen stehen?" Ich ging zur Couch und lehnte meinen Hintern gegen die Rückenlehne. Die Arme verschränkte ich vor der Brust.

„Ach, jetzt komm schon. Wir sind über zwei Meilen gelaufen und du stehst immer noch aufrecht. Das ist großartig. Und im Sand zu laufen trainiert deine Muskeln viel besser, als wenn du auf Asphalt läufst. Wir laufen beim Fußball nur auf Rasen. Du musst dich erst gewöhnen an diese zusätzliche…“

„Qual?“, half ich ihm auf die Sprünge, als er eine kurze Pause machte, um nach dem richtigen Wort zu suchen.

„Genau.“ Mit dem Finger schob er meine Stirnfransen zur Seite, nahm meine leere Flasche und versenkte beide Flaschen danach in einem hohen Wurf im Mülleimer neben der Küchentür.

Ich richtete meine Frisur und wischte mir mit dem Unterarm den Schweiß von den Brauen. So schweißnass, wie mein Arm war, half das wenig.

Schritte auf der Veranda lenkten unsere Aufmerksamkeit nach draußen. Aus irgendeinem Grund standen wir plötzlich stocksteif da und lauschten. Der Schock in Ryans Gesicht, als er zuerst zur Tür blickte und anschließend zu mir, bescherte mir eine dicke Gänsehaut. Ohne Vorwarnung sprang er auf mich zu und katapultierte uns beide über die Rückenlehne der Couch. Gemeinsam rollten wir auf den Holzboden. Schlüssel knirschten im Schloss, als ich auf Hunter landete, was ihm die Luft aus den Lungen presste.

Ich starrte entsetzt in sein Gesicht. „Wer ist das?“, zischte ich. In dieser misslichen Lage konnte ich nicht umhin zu bemerken, wie schön seine Augen waren. Wie die Tigeraugen aus der Edelsteinsammlung meiner Mutter.

„Das muss meine Mom sein.“ Mit ein wenig Druck gegen meine Hüfte schob er mich von sich runter und näher zur Couch heran. Dann legte er mir einen Finger auf die Lippen, als befürchtete er, dass ich gleich loskreischen würde. Der hatte sie wohl nicht alle.

Wir lauschten, als Hunters Mom zur Tür hereinkam und etwas Schweres auf dem Boden abstellte. Ein leises Klirren war zu hören. Sie trug vermutlich Getränkekisten in die Küche. Mein Herz raste die ganze Zeit wie das, eines Verbrechers während eines Banküberfalls.

„Sie füllt den Kühlschrank auf“, murmelte Ryan und presste dabei seine Lippen an mein Ohr.

Fantastisch. Wer füllte seinen Kühlschrank um sechs Uhr morgens? Andererseits wollte sie es wahrscheinlich erledigen, bevor sie zur Arbeit fuhr. Als sie zum dritten Mal in der Küche verschwand, zerrte ich Ryans Hand von meinem Mund und flüsterte verärgert: „Warum verstecken wir uns hier?"

„Meine Eltern mögen es nicht, wenn ich wahllos Mädchen hierher mitbringe. Wenn du also nicht unbedingt als meine Freundin vorgestellt werden möchtest, schlage ich vor, wir bleiben hier unten."

Einverstanden. Trotzdem sah ich ihn wütend an. Wie hatte es nur passieren können, dass ich mich in weniger als vierundzwanzig Stunden zum zweiten Mal in einer derart engumschlungenen Position mit Ryan Hunter befand?

Ein erleichterter Seufzer entfuhr mir, als seine Mutter endlich das Haus verließ und die Tür hinter ihr ins Schloss fiel. Eine Minute verstrich, bevor Ryan sich aufrappelte und mir seine Hand entgegenstreckte.

Ich rührte keinen Finger. „Bist du sicher, dass dein *Dad* nicht gleich zur Tür herein schneit?"

„Ja, bin ich. Unter der Woche kommt er niemals hierher." Er schnappte sich meine Hand. „Hoch mit dir."

Ich ließ zu, dass er mir aufhalf. „Nächstes Mal wäre ich dir dankbar, wenn du mich kurz vorwarnst, bevor du mich zu Boden reißt."

„Geht klar.“ Er verschwand in einem der hinteren Räume und kam mit einem Handtuch zurück, mit dem er sich das Gesicht abwischte. Dann warf er es mir zu.

Erwartete er wirklich, dass ich dasselbe Handtuch benutzte, das er gerade mit seinem Schweiß markiert hatte? „Ich wusste gar nicht, dass uns dieses bisschen Sport so viel näher gebracht hat. Auf Schweiß-Level…“

Da er meinen angewiderten Blick ignorierte und einfach nach draußen ging, entschied ich, dass ich wohl meinen Ekel überwinden musste. Ich rubbelte mit dem Handtuch über meine Stirn und Nacken. Dann folgte ich ihm vor die Tür, wo er in der Hollywoodschaukel lungerte.

Ich knüllte das Handtuch zusammen und feuerte es auf sein Gesicht. Er fing es ab.

„Lass uns zurück gehen“, maulte ich.

„Hast du's eilig, Matthews?“

Keine zehn Pferde würden mich dazu bringen, mich irgendwo auf dieser Veranda niederzulassen, also lehnte ich mich mit einer Schulter gegen den tragenden Pfosten neben den Stufen, die zum Strand hinunterführten. „Nicht wirklich. Aber ich habe auch nicht vor, an einem Ort zu bleiben, an dem ich einen

Heiratsvertrag unterzeichnen muss, um willkommen zu sein."

„Sie kommt bestimmt nicht zurück."

„Das ist mir scheißegal." Wow, das war vielleicht mal ein Knurren. Ich wusste gar nicht, dass ich so angepisst klingen konnte.

„Na schön." Ryan seufzte und erhob sich aus der Schaukel. „Ich hole nur noch schnell den Ball, dann können wir los."

„Den Ball?"

Doch er war bereits im Haus verschwunden. Wenig später kam er mit einem Rucksack, der eine auffällige Wölbung hatte, wieder zurück. Er stopfte das Handtuch und eine volle Wasserflasche hinein und schwang ihn sich über die Schulter. Die Schlüssel versteckte er wieder im Blumentopf auf der Veranda.

Gott sei Dank zwang er mich nicht dazu zurück zu laufen. Gemütlich spazierten wir den Strand entlang. Ich genoss das kühle und erfrischende Nass, das meine nackten Knöchel umspielte. Erst als wir uns außer Sichtweite des Hauses seiner Eltern befanden, fiel nach und nach die Anspannung von mir ab.

„Wozu hast du den Ball mitgenommen?", fragte ich.

„Du musst noch etwas an deinen Pässen und deiner Fangtechnik arbeiten. Der Strand eignet sich dafür hervorragend.“

Okay, das klang gar nicht so übel. Was er allerdings tatsächlich im Schilde führte, fand ich erst heraus, als wir wieder bei unseren Turnschuhen ankamen.

KAPITEL

8

ICH WISCHTE MIR den Sand von den Fußsohlen und schlüpfte in meine Trainingsschuhe. Ryan entfernte sich etwa zehn Meter. Der Fußball lag auf dem Boden, sein Fuß stand darauf und er rief: „Ich möchte, dass du den Ball stoppst!"

„Ist gut! Und wie soll— Huch!" Der Ball raste auf mich zu. Mit einem schrillen Schrei fing ich ihn auf.

Ryan sah mich an, als hätte ich heute Morgen vergessen meine Kleider anzuziehen. „Das ist *Fußball.* Wir spielen hier nicht mit den Händen."

Woher sollte ich wissen, was er von mir erwartete, wenn er nur versuchte, mich mit dem Ball wegzublasen?

„Schieß zurück!"

Das tat ich und wirbelte dabei eine Menge mehr Sand auf, als er es zuvor getan hatte.

Ryan schoss. Dieselbe Geschwindigkeit. Dasselbe Ziel. Genau auf meine Brust. Ich fing den Ball.

„Ohne Hände, Matthews!"

Okay, das fing echt an, mich zu nerven. Ich pfefferte den Ball zu ihm zurück.

Er kickte. Dieses Mal trat ich einen Schritt zur Seite und sah zu, wie der Ball an mir vorbeizischte.

„Was sollte das denn?" Er wirkte leicht irritiert, als er zu mir rüber kam.

„Du hast gesagt, keine Hände. Soll ich den Ball mit den Zähnen fangen, oder wie?"

Er lachte laut. „Das würde ich lieber nicht versuchen. Während des Spiels wirst du den Ball öfter stoppen müssen, aber da du die Hände nicht einsetzen darfst, setzt du dabei den ganzen Körper ein. Deine Schultern, den Kopf und hauptsächlich die Brust."

„Aha. Da gibt's nur ein klitzekleines Problem." Ich umfasste meine Brüste mit beiden Händen. „Ich habe die hier!"

Sein Blick wanderte langsam nach unten. Das Funkeln in seinen Augen war beinahe angsteinflößend. Ich fühlte mich ein wenig, wie Kirsten Steward in *Snow White*. Und er war der… *Hunter*. Ich wollte mir erst gar nicht ausmalen, welche Bilder ihm gerade durch den Kopf schossen. Ich schnippte mit den Fingern vor seinem Gesicht. „Augen hoch!“

Er gehorchte. Widerwillig. Ein anzügliches Grinsen machte sich auf seinen Lippen breit.

„Genug trainiert für heute.“ Meine Stimme bebte leicht. „Ich muss zurück, bevor meine Mutter bemerkt, dass ich abgehauen bin.“

Er war einverstanden und ich schaffte es ihn zu überreden, nur die halbe Strecke zu laufen und den Rest zu spazieren. Ich wollte vermeiden, völlig außer Atem vor meinem Haus zusammenzubrechen. Aber als wir zu Hause ankamen, stand ich vor einem ganz anderen Problem. Dad war bereits zur Arbeit gefahren, aber durchs Fenster konnte ich Mom in der Küche sehen. Es gab keine Möglichkeit, unbemerkt an ihr vorbei zu schleichen.

Ich versteckte mich hinter einem Baum auf der anderen Straßenseite. „Ich bin so was von geliefert.“

Ryan hob sanft mein Kinn, sodass ich ihm direkt in die Augen sehen musste. „Gibst du immer so schnell auf?“

„Du, wie es scheint, wohl nicht“, grummelte ich. Der Mann hatte so gar kein Mitgefühl für meine missliche Lage. „Was schlägst du vor?“

„Wir schmuggeln dich auf demselben Weg hinein wie heraus.“

„Durch das Fenster?“

„Genau.“ Den Kopf leicht zur Seite geneigt, zog er ermutigend die Augenbrauen hoch.

„Tony klettert schon seit Jahren durch mein Fenster. Aber ich kann mir nicht vorstellen, wie ich da hochkommen soll.“

„Mitchell klettert in dein Zimmer?“

„Ja. Aber ich brauche eine Leiter, um aufs Dach des Schuppens zu gelangen. Und soweit ich weiß, haben wir keine Leiter.“ Niedergeschlagen ließ ich die Schultern hängen.

„Warum?“

„Warum was?“

„Warum klettert er in dein Zimmer?“ Ryan klang wie ein aufgekratzter Wolf, seine Augen verengten sich zu schmalen Schlitzen.

„Hallo? Können wir bitte bei der Sache bleiben? Ich hab Stubenarrest und muss irgendwie in mein eigenes Haus einbrechen."

Er betrachtete mich einen Moment lang eindringlich. Seine Kiefermuskeln zeichneten sich ab, als er die Zähne aufeinanderbiss und nickte. „Na gut. Komm mit."

Mit dem Saum meines T-Shirts in der Hand, zog er mich quer über die Straße. Ich betete, dass meine Mutter nicht gerade aus dem Fenster sah.

Auf der hinteren Seite der Gartenhütte angekommen, fühlte ich mich etwas sicherer. Aber da war immer noch das Problem, nach oben zu gelangen. Ryan untersuchte den Baum genauer. „Ich nehme an, Mitchell klettert hier hoch, um auf das Dach der Hütte zu gelangen?"

„Äh, ja. Du erwartest aber nicht ernsthaft, dass ich auf diesen Baum steige, oder?"

Ich hörte nur sein missmutiges Grunzen. Er sprang hoch und hielt sich an der Kante des Daches fest. So überprüfte er, ob es der Belastung seines Gewichtes standhielt.

„Komm her, Matthews!", befahl er und stellte sich breitbeinig vor den Geräteschuppen.

„Was hast du vor?“

„Wir schaffen dich da jetzt rauf.“ Ryan verschränkte die Finger vor seinen Leisten. Offenbar wollte er eine Räuberleiter machen.

„Kommt gar nicht infrage.“

„Jetzt stell dich nicht so an. Ich habe doch schon bewiesen, dass ich dich tragen kann, erinnerst du dich? Zweimal sogar.“

Er hatte recht. Aber das half nicht wirklich gegen mein flaues Gefühl im Magen. Wenn überhaupt, verschlimmerte es meine Nervosität nur noch. Doch letztendlich musste ich einsehen, mit meiner Mutter in der Küche hatte ich keine andere Wahl. Ich seufzte resignierend, hielt mich mit beiden Händen an seinen Schultern fest und stieg in seine gefalteten Hände. Er ging dabei leicht in die Hocke, um es mir zu erleichtern.

„Bist du soweit?“, fragte er, als wir beide auf Augenhöhe waren.

Ein Zittern schlich sich in meine Stimme. „Nein.“

„Wir sehen uns morgen.“ Mit einem kräftigen Schub katapultierte er mich nach oben.

Alles geschah so blitzschnell, dass ich keine Gelegenheit mehr hatte, das Vorhaben nochmals zu überdenken, was so gesehen wohl auch das Beste war. Ich hielt mich einfach fest und zog mich über die Kante aufs Dach. Von dort aus war es ein Spaziergang bis zu meinem Zimmerfenster.

Nachdem ich es problemlos durchs Fenster hinein geschafft hatte und den gelobten Boden meiner eigenen vier Wände unter meinen Füßen spürte, drehte ich mich um und blickte zu ihm hinunter. Meine Beine zitterten noch etwas von der ganzen Aufregung. „Ich glaube, wir sollten das lieber nicht nochmal machen."

„Wieso nicht?"

„Meine Eltern geben mich zur Adoption frei, wenn sie das herausfinden." Und das würden sie … früher oder später.

„Sie werden nichts merken."

„Was, wenn doch?"

„Das wird nicht passieren. Und jetzt rein mit dir und ab unter die Dusche!"

Er hatte einfach kein Verständnis für mein Dilemma. Ich knirschte mit den Zähnen. „Ich werde morgen nicht runterkommen. Wir haben ohnehin Training. Ich denke nicht, dass ich zwei Folterrunden an einem Tag überstehe."

„Ja. Richtig." Ryan lachte. „Also Mittwoch. Fünf Uhr. Und Matthews—

zwing' mich nicht da rauf zu klettern und dich zu holen."

Obwohl jeder einzelne Muskel nach Ryans Folter brannte wie die Hölle, spürte ich doch einen Hauch von Vorfreude. Mit einem dämlichen Grinsen im Gesicht, tanzte ich leichtfüßig ins Bad. Nie hätte ich gedacht, dass ich ein derartig masochistischer Mensch war.

Der heiße Wasserstrahl wirkte Wunder auf meine Muskeln. Ich hätte am liebsten den ganzen Tag unter der Dusche verbracht. Ach was soll's, dachte ich. Da ich sowieso Hausarrest und nichts anderes zu tun hatte, gönnte ich mir ein etwas längeres Wellness-Vergnügen. Als das Wasser schließlich nur noch lauwarm aus der Düse spritzte, stieg ich aus der Dusche, wickelte mich in ein flauschiges Badetuch und tapste barfuß zurück in mein Zimmer.

Als ich die Tür öffnete, kreischte ich laut auf. „Was zum Teufel machst du hier?"

„Ich warte auf deine gnädige Rückkehr aus dem Badezimmer." Tony lag auf meinem Bett und grinste.

Ich warf einen unsicheren Blick über meine Schulter. Hoffentlich hatte meine Mutter mein Gekreische nicht gehört.

„Nur keine Panik. Beth weiß bereits, dass ich hier bin."

„Was? Wieso?" Ich schloss die Tür und presste das Badetuch noch fester an meine Brust.

„Weil du nicht in deinem Zimmer warst, bin ich nach unten gegangen, um dort nach dir zu suchen. Sie hat mich gezwungen, mit ihr zu frühstücken."

Ja, ich war wohl eine ganze Weile unter der Dusche. Da es meiner Mutter offensichtlich nichts ausmachte, dass Tony trotz meines Hausarrestes in meinen Zimmer war, entspannte ich mich etwas… und genoss seinen Anblick. Er trug mein Lieblingsoutfit; dunkelblaue Jeans, ein kobaltblaues T-Shirt und darüber ein offenes Hemd. Seine Beine hingen von meinem Bett und wippten auf und ab.

„War Hunter heute hier, um sich bei dir zu entschuldigen?"

Sein beiläufiger Ton holte mich in die Realität zurück. „Wie bitte?"

„Ich habe ihn vor einer Stunde von hier weggehen sehen. Ein bisschen früh für einen Besuch, wenn du mich fragst. Hat er sich dafür entschuldigt, dass er zu dir ins Bett gekrochen ist?"

Erst in diesem Moment fiel mir wieder ein, dass ich ja eigentlich mächtig sauer auf Tony war. „Ich wüsste nicht, was dich das angeht. Außerdem ist es für dich ebenfalls ziemlich früh, um vorbeizuschauen." Ich verschränkte die Arme vor der Brust, doch da rutschte mein Badetuch gefährlich weit nach unten und ich musste es wieder mit beiden Händen festhalten.

„Ach, jetzt komm schon." Er stand auf und kam zu mir rüber.

Ich wich zurück, bis ich mit dem Rücken gegen meine Zimmertür stieß.

„Ich mag es nicht, wenn du sauer auf mich bist." Er machte diesen furchtbaren, aber unglaublich süßen Schmollmund, so wie er es immer tat, wenn er versuchte, mich um Verzeihung für irgendeine Blödsinnigkeit zu bitten. Als er dann auch noch mit einer meiner nassen Haarsträhnen spielte, wirkte das sehr positiv auf meine Abwehr. Für ihn, nicht für mich.

„Lass es mich wieder gut machen. Ich bleibe heute auch den ganzen Tag bei dir und wir können ein paar Filme ansehen."

Solidarisch, nur wir beide, so wie immer. Damit bekam er mich fast rum. Aber ich beschloss, hartnäckig zu bleiben. Ich grollte nur und huschte an ihm vorbei zum Kleiderschrank, wo ich ein grünes T-Shirt und ein Paar Jeans herausnahm. Für einen Augenblick betrachtete ich das Top, dann legte ich es zurück. Heute würde ich alles Mögliche tragen, aber bestimmt nicht seine Lieblingsfarbe.

„Ich habe *X-Men* mitgebracht." Tony winkte mit der DVD vor meinem Gesicht.

Oh, dieser Fiesling. Er wusste genau, dass dies mein Lieblingsfilm war. Ich hatte die DVDs zwar selbst, aber seine Edition war der Director's Cut. Ich presste meine Lippen aufeinander. Trotzdem entschlüpfte mir ein Grinsen.

Sein Gesicht hellte sich auf. „Du ziehst dich an und ich lege inzwischen die DVD ein."

Er hielt sein Versprechen und blieb den ganzen Tag. Als wir mit dem zweiten Teil der Reihe begannen, hatte ich ihm bereits soweit verziehen, dass ich den halben Meter Abstand zwischen uns überwunden und mich an seine Schulter gekuschelt hatte. Tony legte seinen Arm um mich und gab mir damit wieder dieses vertraute Gefühl, das ich immer bei ihm hatte. Ich war nicht ganz sicher, ob er überhaupt merkte, dass er gerade eine

Haarsträhne von mir um seinen Finger wickelte, aber ich genoss es.

Da gab es nur eine Sache, die mich störte. Ich konnte einfach nicht aufhören, das Gefühl, in Tonys Armen zu liegen, mit jenem zu vergleichen, das ich empfunden hatte, als Ryan am Morgen mit mir von der Couch gerollt und ich auf ihm gelandet war. Während ich jetzt total entspannt war, hatte ich mein Herzklopfen in Ryans Umarmung kaum unter Kontrolle gehabt. Wie war das möglich, wenn ich doch einzig und allein etwas für Tony empfand?

Da ich sowieso schon den größten Teil des Filmes verpasst hatte, weil ich ständig darüber nachdenken musste, beschloss ich Ryan Hunter ein für alle Mal aus meinen Gedanken zu verbannen. Schließlich war er wirklich nicht der Junge, von dem man Tagträume haben sollte. Nicht wahr?

Doch sein verschmitztes Lächeln schlich sich schon bald wieder in meine Fantasie.

Tony strich mir durch das Haar. „Was? Stehst du etwa immer noch auf den Kerl?"

Ich riss mich aus seiner Umarmung und gaffte ihn entsetzt an. „So ein Blödsinn! Das tu ich gar nicht. Hier geht's nur ums

Training.“ Der Satz war raus, bevor ich überhaupt richtig nachdenken konnte.

Tony lachte verwundert. „Was?“

„Was—was?“ Verdammt. Hier lief irgendetwas verkehrt. Ich setzte mich auf meine Hacken und kaute unbehaglich an der Innenseite meiner Wange. „Entschuldige, was hast du gerade gesagt?“

Seine Augen wurden etwas schmaler. „Du hast geseufzt. So als ob du gerade wieder von Hugh träumen würdest.“

Hugh? Jackman! Ja, richtig. Nicht Hunter. Meine Wangen glühten durch meine Verlegenheit.

„Ist mit dir alles okay, Liz?“

„Sicher.“ Und mit der unschuldigsten *ich-weiß-gar-nicht-was-du-meinst* Stimme, fügte ich noch hinzu: „Wieso?“

„Seit ich aus dem Trainingscamp zurück bin, benimmst du dich irgendwie seltsam.“

„Bullshit.“

Die Art, wie er auf meinem Bett lag, die Arme vor der Brust verschränkt und die Stirn in Falten gelegt, ließ mich erschaudern.

Ich richtete mich auf, verließ das Bett und hielt den DVD-Player an. „Lass uns für heute hier Schluss machen, okay?“ Ich reichte ihm das Cover, doch Tony nahm es nicht an.

Stattdessen setzte er sich im Schneidersitz auf und neigte seinen Kopf. „Wirfst du mich jetzt etwa raus?“ Er sagte es so langsam, dass man seine Bestürzung in jeder einzelnen Silbe hören konnte.

Tat ich das wirklich? In den mehr als dreizehn Jahren unserer Freundschaft, hatte ich ihn nicht ein einziges Mal gebeten zu gehen.

Himmel, er hatte recht. Etwas stimmte nicht mit mir.

„Hör' zu, ich bin einfach nur müde vom vielen Fernsehen. Und außerdem habe ich meiner Mom versprochen, heute noch mein Zimmer aufzuräumen.“ Ich warf die DVD vor ihm aufs Bett. „Es ist schon fast vier Uhr. Ich sollte langsam damit anfangen.“

„Ich würde ja anbieten, dir dabei zu helfen, aber ich habe das komische Gefühl, dass du sowieso nein sagst.“ Er stand auf und sah mich an, als wartete er darauf, dass ich ihm widersprach.

Was um alles in der Welt war los mit mir, dass ich sein Angebot ausschlug?

Ich wich seinem Blick aus, nahm seine Jacke von meinem Schreibtisch und reichte sie ihm. „Ich seh' dich dann morgen?“ Wegen des skeptischen Untertons in meiner Stimme, fragte ich mich, ob ich vielleicht erwartete, dass er böse auf mich war, nur weil ich ihn nicht bat, mir beim Saubermachen zu helfen.

„Ja. Wir sehen uns beim Training. Allerdings kann ich dich morgen nicht abholen.“ Er verzog kurz das Gesicht und ich wunderte mich, was das zu bedeuten hatte. „Aber hey, morgen spielen wir das erste Match mit den Neulingen. Sieh zu, dass du in meinem Team spielst.“

Und da war es wieder. Das typisch liebenswerte Tony-Grinsen, bei dem ich jedes Mal dahin schmolz, wie Eis in der Sonne.

Nur, dass es nicht verschmitzt und anzüglich war… so wie jenes von Hunter.

Ich grollte vor mich hin, weil mich meine fehlende Aufmerksamkeit für Tony nervte, und schob ihn in Richtung Fenster. Ich sah zu, wie er über den Schuppen und den Baum runter kletterte, und überlegte, wo meine Mutter wohl das Fieberthermometer aufbewahrte. Zu hohes Fieber war die einzige Erklärung für mein sonderbares Verhalten.

KAPITEL

9

AM DIENSTAG, UM zwei Uhr nachmittags, fuhr ich mit meinem Mountainbike zum Fußballplatz. Susan begleitete mich. Wir waren die letzten, die ankamen. Nachdem ich das Schloss an meinem Rad angebracht hatte, ließ ich meinen Blick über den Rasen schweifen, auf der Suche nach Tony. Er stand am anderen Ende, umzingelt von einigen Jungs und Mädchen. Ich lief auf ihn zu, doch als ein paar seiner Freunde zur Seite traten, erspähte ich Cloey und stoppte mitten auf dem Rasen. Ich beschloss, dass ich auf diese *zweifellos anregende* Unterhaltung liebend gern verzichten konnte.

Es dauerte nicht lange, bis Tony mich entdeckte. Er setzte an, zu mir rüberzukommen, als Cloey ihn am Arm festhielt. Sie sagte etwas zu ihm und gaffte dabei hämisch in meine Richtung. Ich gaffte zurück. Meine Finger kribbelten, doch ich unterdrückte das starke Bedürfnis, ihr den Stinkefinger zu zeigen.

Zumindest musste ich nicht mitanhören, was sie zu Tony sagte. Es interessierte mich auch nicht die Bohne. Aber die Tatsache, dass er ihre Hände von seinem Arm schob und mit den Augen rollte, fand ich höchst befriedigend.

Endlich kam er zu mir rüber. „Hi Liz. Ist das eine neue Sonnenbrille?"

Ja, es war echt ein gutes Gefühl zu wissen, dass er meine gesamte Ausstattung an Kleidern und Accessoires kannte. Das bedeutete, er war aufmerksam. Ich grinste.

„Die gehört mir", antwortete Hunter plötzlich hinter mir. Er trat um mich herum und zog mir die Sonnenbrille von der Nase. Mein Grinsen verwandelte sich in ein breites Strahlen. Ich konnte gar nichts dagegen tun.

Tony sah etwas überrascht drein.

„Ryan hat sie mir gestern nach der Party gegeben", erklärte ich schnell. „Ein Kater und Sonnenlicht, das ist echt keine gute Kombination."

Nun lachten beide Jungs. Ich konnte mich nur schwer entscheiden, welcher Klang mir besser gefiel.

Wir gingen gemeinsam zu den anderen Teammitgliedern. Ryan fragte Tony, ob er Kapitän der gegnerischen Mannschaft sein wollte.

„Sicher. Willst du Spieler wählen?" Tonys Blick glitt zu mir. Er zwinkerte. Ich war wohl seine erste Wahl.

„Ja. Du kannst anfangen", antwortete Ryan. Dann legte er den Arm um meine Schultern. „Aber nicht sie."

Fassungslos blieb ich stehen. Tony sah Ryan mit der gleichen Verwunderung an, wie ich. Ryan ignorierte ihn. Er ließ mich los und ein Lächeln trat auf seine Lippen. „Spielst du mit mir?"

Oh Mann, ich wusste nicht, was ich sagen sollte. Hunter wusste genau, wie schlecht ich im Umgang mit dem Ball war. Trotzdem wollte er mich in seinem Team.

Tony wartete mit einem komischen Gesichtsausdruck auf meine Entscheidung. Er wirkte auf mich nicht unbedingt enttäuscht, also konnte ich Hunters Einladung auch ebenso gut annehmen. „Okay…?" Ja, und wenn meine Antwort nicht so sehr nach einer Frage geklungen hätte, würde ich auch nicht wie ein Vollidiot aussehen.

„Cool. Dann lasst uns Ball spielen." Tony rannte voraus und wählte den ersten Spieler in seine Mannschaft.

Ich schenkte seiner Spielerwahl keine weitere Aufmerksamkeit, denn Ryan stellte mir in diesem Moment eine grundlegende Frage. „Weißt du, wie man Fußball spielt, Matthews?"

„Schieß den Ball ins Tor?"

„So oder so ähnlich." Er rieb sich den Nacken und schmunzelte dabei. „Fürs Erste berühr' einfach den Ball nicht mit den Händen und versuch' ihn innerhalb dieser weißen Linien zu behalten." Er zeigte auf das aufgemalte Rechteck im Gras, welches das Spielfeld eingrenzte.

„Ja, schon klar. Ich bin kein kompletter Schwachkopf, weißt du?"

Oder vielleicht war ich das doch. Bereits in den ersten zehn Minuten verstauchte ich mir das Handgelenk am vorbeirasenden Ball und schoss zweimal weit hinter das gegnerische Tor. Großartig. Zumindest schnauzte mich niemand an, so wie Ryan es gestern beim Training am Strand getan hatte. Jedenfalls nicht, bis ich offenbar den schwerwiegendsten Fehler überhaupt beging, als ich den Ball das nächste Mal in Richtung Tor schoss.

„Abseits!“, schrien einige der Jungs. Manche rollten sogar mit den Augen.

Ich war total verloren.

Ryan kam zu mir gelaufen. „Keine Sorge. Das erkläre ich dir morgen.“ Er schoss den Ball zu jemandem aus Tonys Mannschaft. Bevor er sich wieder voll dem Spiel widmete, blickte er noch kurz zu mir. „Das war ein toller Schuss.“

Er konnte sagen was er wollte, es half nichts gegen meine Verbitterung. Entmutigt stapfte ich ans hintere Ende unseres Spielraums. Für den Rest des Matches hatte ich vor, eine passive Rolle zu übernehmen. Nur hatte Ryan andere Pläne. Aus irgendeinem Grund behielt er mich aktiv im Spiel, kickte Killer-Pässe zu mir und spornte mich an, mein Bestes zu geben.

Und das tat ich. Ganze dreieinhalb Minuten. Dann spürte ich zum ersten Mal am eigenen Leib, wie sich ein Tritt gegen das Schienbein anfühlte. Der Schmerz brachte mich zu Boden. Ich biss mir auf die Lippen, um meine Tränen zurückzuhalten, während Cloey nur dastand und mich schadenfroh angaffte.

„Kommt schon, Leute! Fair Play!", schrie Ryan und kam zu uns. Er reichte mir die Hand und zog mich hoch. „Alles okay bei dir?"

Ich sagte nichts, sondern nickte nur. Meine weinerliche Stimme hätte mich sonst verraten. Er schickte mich zurück ins Spiel.

Der Schmerz des ersten *Zusammenstoßes* war noch nicht ganz abgeklungen, als Cloey mich erneut attackierte. Ich verfluchte sie in einer Lautstärke, welche einer Polizeisirene Konkurrenz machen konnte. Aber das prallte nur an ihrem Dickschädel ab. Beim dritten Foul war mir klar, dass hinter ihren *unbeabsichtigten* Zusammenstößen ein Vorsatz steckte. Von da an hielt ich mich so weit wie möglich vom Ball entfernt, um ihr keine weitere Chance zu geben, mich auf dem Feld hinzurichten.

Nach dem Abpfiff hockte ich mich auf die Trainerbank und Tony grub seine Finger tief in meine Nackenmuskeln. „Wenn ich gewusst hätte, dass du so gut Fußball spielst, hätte ich dich gezwungen, jeden Tag mit mir zu trainieren."

Ich gab nur ein barsches Grunzen von mir. Seine Nettigkeiten konnten weder meinen verletzten Stolz noch meine verletzten Beine wieder zusammenflicken. „Die Frau hat echt die falsche Sportart gewählt. Sie wäre ein Ass im Kickboxen."

„Wer? Cloey?" Zumindest stritt er dieses Mal nicht ab, dass sie mir nach dem Leben trachtete. „Sie hat dich doch nicht schlimm erwischt, oder?"

Wenn Blicke töten könnten, würde Tony bereits am Boden liegen und um Gnade betteln. „Sie war wie ein Autobus. Mit Vollgas."

Tony kaute auf seiner Lippe. „Manchmal kann sie ein ziemlich aggressiver Spieler sein."

Ja. Vorsichtig ausgedrückt. Ich seufzte. „Bleibst du noch länger hier? Ich muss jetzt wirklich nach Hause und meine blauen Schienbeine versorgen." Außerdem hatte ich ja auch noch Hausarrest.

Sein Blick schweifte über den weiten Rasen vor uns. Vermutlich hielt er Ausschau nach dem Troll mit der üblen Laune. Doch Cloey schien nicht mehr hier zu sein.

„Ich komme mit", sagte er.

Auf dem Weg zu unseren Fahrrädern, liefen wir Ryan über den Weg. Er schnitt eine mitleidige Grimasse, als er meine blauen

Flecke sah. „Pack Eis auf den Knöchel. Ich will, dass du morgen wieder fit bist.“

Der Gedanke an weitere Qualen, und das in nur wenigen Stunden, brachte mich endgültig zum Schweigen.

„Was meinte Hunter?“, hakte Tony nach. „Morgen ist kein Training mit den Mädchen. Nur wir Jungs.“

Na schön, es war wohl an der Zeit, Tony die Wahrheit zu sagen. „Ryan trainiert privat mit mir.“

Tony hätte darauf Vieles erwidern können, wie etwa mich zu fragen, warum oder wo, oder sogar wann ich geistesgestört genug gewesen war, mich darauf einzulassen. Aber er sagte das Dämlichste, das ihm gerade einfiel. „Mit *dir?*“

„Oh, vielen Dank auch!“

„Tut mir leid. Ich wollte nicht wie ein Arsch klingen. Aber… reden wir hier echt über Hunter?“ Er schnaubte und ich hätte ihm dafür in den Hintern treten sollen.

„Wo liegt dein Problem?“

„Kein Problem.“

Er stieg auf sein Rad. Ich brauchte noch etwas, um die Nummernkombination meines Schlosses richtig hinzubekommen.

„Ich dachte nur, du hättest Hausarrest.“

„Habe ich auch."

„Und wie kommst du dann bitte aus dem Haus zum Training?"

Ich wich seinem Blick aus und trat kräftig in die Pedale, um ein wenig Vorsprung rauszuholen. „So wie du reinkommst."

Es kostete ihn nicht die geringste Anstrengung, mich einzuholen. „Du schleichst dich raus? Für Ryan Hunter?"

Falls er mit seinem idiotischen Tonfall andeuten wollte, dass ich das noch nie für ihn getan hatte, dann gelang ihm das ausgezeichnet.

„Na und?"

Tony sah mich aus dem Augenwinkel an. Seine Lippen waren aufeinander gepresst, wahrscheinlich um sich ein Grinsen zu verbeißen. „Da bin ich gerade mal für ein paar Wochen weg und du verwandelst dich gleich in ein Kinderüberraschungsei."

So sah's aus. Verdammt. Und ich konnte diese Schokoladeneier noch nicht einmal leiden.

„Nachdem du ja nun vertraut bist mit dem exklusiven Weg rein und raus aus deinem Zimmer, hast du Lust, mit zu Charlies zu kommen?"

„Ich mache das nicht tagsüber, Tony! So einfältig ist meine Mutter nun auch wieder nicht. Hunter holt mich um fünf Uhr morgens ab.“ Ich stieß einen Seufzer aus. „Er zwingt mich dazu am Strand zu laufen.“

„Ah, Spaß garantiert.“

„Ich schwöre, der Mann ist Satan in Person.“

Kurze Zeit später erreichten wir mein Haus. Ich stieg vom Rad. Tony stellte einen Fuß auf den Boden und beobachtete mich mit diesen intensivblauen Augen. „Offen gesagt verstehe ich es immer noch nicht. Warum nimmst du all die Qualen auf dich, für eine Sportart, die du dein ganzes Leben lang verabscheut hast?“

„Ich habe Fußball nie verabscheut.“

„Du sagtest, es sei die fünfte, nirgendwo erwähnte Plage, die den Weltuntergang besiegeln würde.“

Hatte ich das wirklich gesagt? Wow, der Mann war gut. Ich schob mein Rad in den Schuppen. Da drang Tonys Stimme zu mir herein. „Ist Hunter der Grund?“

Ich blieb wie angewurzelt stehen und starrte einen langen Moment auf Dads Angeln vor mir. Schließlich stapfte ich mit einem angepissten Gesichtsausdruck ins

Freie. Ich lehnte mich gegen den Türrahmen und verschränkte die Arme vor der Brust. „Wie um alles in der Welt kommst du denn darauf?“

Tony lehnte sich nach vorn, mit den Unterarmen auf der Lenkstange. „Na ja, ihr zwei scheint euch in letzter Zeit ziemlich nahe gekommen zu sein.“

Okay. Ich war beinahe siebzehn, hatte noch nie einen Jungen geküsst und im Moment hatte ich von Tonys Sturheit gründlich die Schnauze voll. „Bist du wirklich so blind? Ich mache das alles nicht für Hunter.“

„Für wen dann?“

Jesus, vergib mir, ich würde meinem besten Freund jeden Moment eine scheuern. „Ich mache es für dich!“ Mein Herz stoppte im nächsten Moment, als mir klar wurde, was ich soeben gesagt hatte.

Tonys Mund stand offen. Er starrte mich an. Krampfhaft umklammerte er seine Lenkstange. Seine Knöchel traten weiß hervor.

Nicht gerade die Reaktion, auf die ich die letzten Jahre gehofft hatte. Sein Blick senkte sich auf den Boden zwischen uns. Oh Mann, ich hätte nie gedacht, dass etwas Tony so sehr aus der Fassung bringen konnte. Besonders nicht ich. Das war echt unheimlich.

Na schön. Die Hoffnung, dass er sich über meine ungeplante Liebeserklärung freuen und mich innig küssen würde, verschwand mit seiner entsetzten Miene, aber sein verblüfftes Schweigen machte mich langsam wirklich nervös. Ich wünschte, ich wäre ein Schneemann und könnte auf der Stelle schmelzen.

Schließlich sagte er: „Komm her, Liza."

Nein. Sekunden verstrichen. Ich kämpfte gegen die aufsteigende Panik in mir. Als klar war, dass ich nicht zu ihm gehen würde, stieg er von seinem Rad und kam zu mir. Viel zu langsam.

„Sieh mal—"

Ich schüttelte panisch den Kopf. Er sollte aufhören. „Bitte, komm mir jetzt nicht mit dem Scheiß, dass ich für dich wie eine kleine Schwester bin."

„Werde ich nicht. Weil wir beide wissen, dass du mir viel näher stehst, als eine Schwester."

Oh mein Gott. Das ging abwärts. Es gab nichts, was die Lawine, die ich losgetreten hatte, jetzt noch aufhalten konnte. Meine Knie fingen plötzlich an zu zittern. Mein Mund wurde trocken. Tony griff nach mir, doch seine Hand stoppte, bevor er meine Wange berührte. Er biss sich auf die Unterlippe und zog seine Hand zurück.

„Ich bin mit Cloey zusammen."

Was?

Nein. Das konnte nicht sein. Nicht mit *ihr*. Und auch nicht mit irgendeinem anderen Mädchen. *Nein!*

Ganz langsam wich ich zurück. Ich ging zum Haus und sagte kein Wort. Innerlich schrie ich vor Schmerzen. Ich kämpfte, um nicht vor Tony in Tränen auszubrechen und schloss leise die Tür hinter mir.

Ich konnte nicht atmen. Mein Magen drehte sich um. Mir wurde übel. Als die ersten Tränen fielen, rannte ich ins Badezimmer und übergab mich in die Toilette.

Nie sollte Tony mich so sehen. Ich wünschte, ich könnte sagen, dass er das verstand und deshalb nicht hinter mir herkam. Aber nach allem, was passiert war, wollte er mir wohl einfach lieber aus dem Weg gehen.

Es dauerte Stunden, bis ich mich wieder beruhigt hatte und mein Hals beim Atmen nicht mehr wehtat. Ich saß auf dem Bett und blätterte durch die vielen Fotoalben, die ich über die Jahre von Tony und mir gestaltet hatte. Bei jeder Seite, die ich umschlug, wollte ich wieder losheulen. Der Schmerz war einfach zu groß. Er zerriss mich innerlich. Aber ich hatte alle Tränen vergossen und fühlte mich total leer. Hohl. Allein.

Mom rief mich zum Abendessen, doch ich sagte ihr, ich hätte keinen Hunger. Sie versuchte mich mit ihrer liebgemeinten, mütterlichen Art zum Reden zu bringen. Es dauerte eine Weile, bis sie verstand, dass ich einfach nur alleingelassen werden wollte. Am Ende ließ sie mich in Ruhe. Ich sperrte mich wieder in mein Zimmer ein. In mein persönliches Reich des Elends.

Der Soundtrack von *Der Herr der Ringe* dröhnte aus meinem iPod. Ich lungerte auf meinem Bett und schwelgte in Selbstmitleid. Bei Sonnenuntergang wurde mir aber ein ganz anderes Problem bewusst. Ich würde nicht mehr Fußball spielen. Nie wieder. Und ich musste das Training mit Hunter absagen.

Von Simone Simpkins bekam ich seine Handynummer. Da ich aber nicht in der Verfassung war, mit irgendjemandem zu reden, sendete ich ihm nur eine kurze Nachricht.

KEIN TRAINING MORGEN. UND ICH BIN RAUS AUS DEM TEAM. LIZA

Dann fiel mir ein, dass er vermutlich nur meinen Nachnamen kannte, deshalb fügte ich noch MATTHEWS in Klammern dazu.

Es dauerte nicht lange, da bekam ich eine Antwort.

TUT ES DENN SO WEH?

Was war das denn für eine idiotische Frage? Der Schmerz in meiner Brust brachte mich um. Ich knallte das Handy auf das Nachtkästchen und ließ mich in mein Kissen fallen. Sekunden später ging mir ein Licht auf. Er hatte gar keine Ahnung davon, was passiert war. Vermutlich meinte er etwas ganz Anderes. Natürlich; meine Schienbeine. Ich schlug mir mit der flachen Hand gegen die Stirn und holte tief Luft. Dann schrieb ich zurück.

NEIN. MEIN BEIN IST IN ORDNUNG. ABER ICH BIN FERTIG MIT FUSSBALL. DANKE FÜR DEINE HILFE. MACH'S GUT.

Ich nahm an, er würde es akzeptieren und mich in Ruhe lassen. Das tat er auch… für etwa fünfzehn Minuten. Dann kam eine neue Nachricht.

OKAY. HAB MIT MITCHELL GEREDET. DIE KATZE IST ALSO AUS DEM SACK?

Die Katze ist aus dem Sack? Echt jetzt? Was zum Geier—? Ryan wusste, dass die beiden ein Paar waren und hatte nichts gesagt? Andererseits, welchen Grund hätte er gehabt? Wir waren keine dicken Freunde und er wusste auch nicht, was ich für Tony cmpfand.

Oder vielleicht wusste er es doch. M&M. Jeder wusste Bescheid. Ich fühlte mich auf einmal so furchtbar bloßgestellt. Die ganze Schule wusste von meiner Schwäche für diesen Jungen, während er einfach mit dieser Schnepfe herum machte.

Ich wollte wieder losheulen, doch es waren keine Tränen mehr übrig. Also drehte ich die Musik auf Maximum und versuchte, mich damit in eine Trance der Gleichgültigkeit zu befördern.

Neben mir vibrierte das Telefon. Eine neue SMS von Hunter.

KANNST DU DICH RAUS SCHLEICHEN, WENN ES DUNKEL WIRD?

VERMUTLICH. ABER WARUM SOLLTE ICH?

ABLENKUNG.

Und dieses Mal kam mit der Nachricht ein zwinkernder Smiley.

Ich war nicht in der Stimmung für Ablenkung. Um ehrlich zu sein, war ich in gar keiner Stimmung. Alles, was ich wollte, war weiter in Selbstmitleid zu ertrinken.

ICH HAB EHRLICH KEINE LUST AUF MEHR FOLTER.

Mein Gott, wenn mich die Welt doch nur für die nächsten paar Stunden in Ruhe lassen könnte. Aber so viel Glück war mir nicht vergönnt.

Sobald es dunkel war, hörte ich draußen eine leise Stimme. „Komm runter, Matthews!"

Ich verschluckte mich an dem Stück Schokolade, dass ich mir gerade in den Mund geschoben hatte. Schnell rieb ich mir die vom Heulen verklebten Augen und schlich zum Fenster. „Was machst du hier? Kannst du nicht lesen? Ich sagte nein."

„Du sagtest *keine Folter*. Ich habe nicht vor, dich zu quälen. Jetzt zieh' dir was Nettes an, wasch' dein Gesicht und komm endlich raus."

„Ich habe keine Lu—"

Ryan sprang hoch und zog sich über die Dachkante der Hütte. Mit einem gefährlichen Grinsen kam er auf mich zu.

KAPITEL

10

„WAS DAGEGEN, WENN ich reinkomme?“ Hunter wartete nicht auf meine Antwort, sondern duckte sich durch den Fensterrahmen und trat in mein ganz privates Reich. Ich stolperte rückwärts. Das Bett stand im Weg und ich plumpste auf die Matratze.

„Nettes Zimmer.“ Ryan setzte sich auf die Fensterbank und stützte sich mit den Händen an der Kante ab. „Du siehst allerdings furchtbar aus.“

„Wow, danke für das Newsupdate.“

Er nahm die Baseballkappe ab und fuhr sich mit der Hand durchs Haar. „Hör’ zu. Ich bin echt nicht besonders gut in diesem *willst-du-darüber-reden* Kram.“

Ach nein? „Warum bist du dann hier?“

Er zuckte mit den Schultern. „Vielleicht, weil ich gut darin bin, Spaß zu haben und weil ich dich von deinem Kummer ablenken kann. Also, was sagst du? Willst du mitkommen und dich ein wenig amüsieren? Lass uns ein bisschen Party machen."

Noch eine Party mit Ryan Hunter? Bilder vom Morgen, als ich in seinem Bett aufwachte, mit meinem Bein um seines geschlungen, tanzten vor meinem inneren Auge. „Ich denke, ich bleib lieber zu Hause und höre Musik."

Er schnitt eine Grimasse. „Bitte tu dir das nicht an. Kein Kerl ist das wert." Dann machte er etwas völlig Unerwartetes. Er stand auf, kam zu mir, nahm meine Hände und zog mich sachte vom Bett hoch. „Komm schon. Gib dir einen Ruck, *Liza*."

Der Klang meines Namens aus Ryan Hunters Mund. Das war ja mal was ganz Neues. Und es klang wirklich nett.

„Ich weiß nicht so recht—"

„Keine Widerrede."

Ich starrte in seine dunklen Augen und seufzte tief. „Kann ich erst noch schnell duschen?"

„Unbedingt." Er schmiss sich auf mein Bett und fand die Fotoalben, die immer noch neben meinem Kissen lagen.

Ich schnappte sie mir, bevor er es konnte, und warf ihm einen warnenden Blick zu. „Fass hier drinnen nichts an."

Ryan zog die Augenbrauen hoch und hob unschuldig die Hände. „Werde ich nicht", versprach er. „Außer deinem Tagebuch und vielleicht deiner Spitzenunterwäsche."

Himmel, hoffentlich hatte ich mich verhört.

Es dauerte zwanzig Minuten, um mich fertigzumachen und mit Ryan aus meinem Zimmer zu verschwinden. Durchs Fenster. Dieses Mal hielt er mich fest an den Handgelenken und ließ mich vom Dach des Geräteschuppens runter. Als meine Beine nur noch einen halben Meter über dem Boden baumelten, ließ er mich los. Während er, à la Tony, den Baum herunterkletterte, richtete ich mein enges Shirt mit dem tiefen V-Ausschnitt. Meine dunkelblauen Jeans verdeckten die blauen Flecke an meinen Schienbeinen, die auf die Kappe von Tonys neuer Freundin gingen.

Ryan führte mich zu seinem metallic-grauen Audi, den er am Straßenrand geparkt hatte. Ich wusste nicht viel über Autos, jedoch genug, um zu verstehen, dass an diesem ganz schön geschraubt worden war. Ein Designerstück. Da war nicht viel Bodenfreiheit zwischen der Karosserie und dem Asphalt. Und wenn ich mir die Front mit den ungewöhnlichen Scheinwerferblenden so ansah, kam mir nur ein Wort in den Sinn. *Böse.*

Verdammt, dieses Auto war heiß genug, um die Antarktis zu schmelzen.

„Netter Wagen", sagte ich ganz beiläufig.

„Danke. Hast du schon deinen Führerschein?"

„Ja, seit letztem Sommer."

„Willst du das Baby mal ausprobieren?"

Ich musste lachen. „Warum?"

„Spaß. Und Ablenkung." Er zuckte mit den Schultern und lehnte sich an die offene Fahrertür. „Außer, du bist feige."

Mit einem Grinsen im Gesicht setzte ich mich hinters Steuer. „Wie schnell fährt denn *das Baby*?"

Seine Augen funkelten amüsiert. „Ich verspreche dir, das wirst du nie herausfinden." Er ließ die Schlüssel in meinen Schoß fallen und ging um den Wagen herum. Inzwischen stellte ich den Sitz auf meine Größe ein.

„Kannst du mit einer Gangschaltung umgehen?" fragte er, als er den Sicherheitsgurt anlegte.

Mein Dad mochte keine Autos mit Automatik, daher war die Gangschaltung für mich kein Problem. Etwas nervös steckte ich den Schlüssel ins Zündschloss und drehte ihn herum. Das Auto erwachte zum Leben und ich trat einmal kurz das Gaspedal durch. Der Motor heulte auf wie ein wilder Tiger. Das Lenkrad war etwas kleiner, als das von unserem Auto, und gewöhnungsbedürftig. Doch das machte nichts. Ich reversierte aus der Parklücke und jagte den Wagen in Rekordzeit runter zum Strand.

„Ist das alles, was du drauf hast?", neckte mich Ryan mit einem Blick auf den Tachometer.

Vielleicht hätte ich ihm sagen sollen, dass ich erst kürzlich meinen ersten Strafzettel für zu schnelles Fahren erhalten hatte. Vielleicht aber auch nicht. Warum sollte ich mir selbst den ersten lustigen Moment nach so einem miserablen Tag vermiesen?

Nachdem er mir zum dritten Mal versicherte, dass die Reifen auf dem Asphalt kleben würden, egal wie schnell ich fuhr, trat ich fester auf das Gaspedal. Es war unglaublich. Die Kraft, die Geschwindigkeit, das Heulen des Motors. In einem Höllentempo nahm ich die nächste Kurve und lachte dabei begeistert auf. Den Wagen meines Vaters hätte es zweifellos von der

Straße geschleudert. Hunters Audi verließ die Spur nicht den kleinsten Millimeter.

„Warst du schon mal im Club Tuscany?"

Bei dieser Mordsgeschwindigkeit warf ich nur einen flüchtigen Blick in seine Richtung und konzentrierte mich dann gleich wieder auf das schmale bisschen Straße, das von den Scheinwerfern erhellt wurde. „Für die nächsten paar Wochen bin ich immer noch sechzehn. Natürlich war ich noch nie in einem Club."

„Ah, ja."

So wie er das sagte, bekam ich eine Gänsehaut. „Warum? Wie alt bist du denn?"

„Achtzehn."

„Seit wann?", platzte es aus mir heraus.

„Seit letzten Monat."

Ja, das könnte hinkommen. Ryan hatte sein letztes Jahr auf der High School vor sich. „Aber das ist immer noch nicht alt genug, um in einen Club gelassen zu werden."

„Es ist alt genug, wenn der Club dem Mann deiner Schwester gehört." Er zog die Kappe weiter ins Gesicht und rutschte tiefer in den Sitz. „Bleib die nächsten zehn Meilen auf dieser Straße."

Das tat ich. Dabei spürte ich eine Flut von Adrenalin in meinem Blut. Alles an

Hunter war so abenteuerlich. Geradezu gefährlich. Es gefiel mir. Besonders heute Nacht.

Ein paar Minuten später dirigierte er mich in eine Seitenstraße und zu einem Parkplatz vor einem rotbraunen Gebäude. *Club Tuscany* stand in riesigen Leuchtbuchstaben über dem Eingang. Als ich ausstieg, blickte ich einem kahlgeschorenen Türsteher in die fiesen Augen.

„Du musst noch ein paar Jahre warten, bis du hier rein darfst, Süße“, brummte der Muskelprotz.

Ich schreckte zurück. Da kam Ryan um den Wagen herum, legt seinen Arm um mich und schob mich vorwärts. „Hi Paul“, begrüßte er den Türsteher. „Sie ist mit mir hier. Ist Rachel heute Nacht im Club?“

„Ryan. Ich wusste nicht, dass du kommst. Rachel schaut wohl erst später vorbei, aber Philip ist hier.“

„Cool.“ Ryan gab ihm einen Faust-an-Faust Stoß und führte mich anschließend durch eine schwere, graue Metalltür, die Paul für uns aufhielt.

„Ist Rachel deine Schwester?“, flüsterte ich.

„Jep. Philip ist ihr Ehemann. Er ist cool. Du wirst ihn mögen.“

Das dumpfe Dröhnen des Basses drang zu uns und wurde mit jedem Schritt, den wir den schmalen Gang hinunter machten, lauter. Mir wurde etwas unbehaglich zumute. Schließlich zog ich Ryan an seinem Shirt, um ihn zu stoppen. „Ich glaube, ich sollte lieber nicht hier sein. Wenn ich's mir recht überlege, du auch nicht.“

„Du machst dir viel zu viele Sorgen. Ich bin fast jedes Wochenende hier. Jeder kennt mich. Und es wird keinem etwas ausmachen.“ Er zog mich weiter.

Am Ende des Ganges drückte er eine weitere Tür auf. Wir betraten einen riesigen Discosaal, der in blaues Licht getaucht war. Es roch unangenehm nach Disconebel. Ein Stroboskop verwandelte die Menschenmenge auf der Tanzfläche in Roboter, als diese zur Musik hüpften und sich beim Tanzen aneinander rieben. Oh mein Gott, was für ein Ort.

Ryan rollte die Ärmel seines weißen Hemdes hoch, nahm mich bei der Hand und zog mich in die Menge. „Komm, lass uns tanzen.“

Verdammt, ich war kein Tänzer. Aber Widerspruch war zwecklos, denn er hätte mich nur verstanden, wenn ich mich an ihn gedrückt und ihm ins Ohr geschrien hätte. Aber das wollte ich lieber vermeiden. Also folgte ich ihm.

Er hielt erst in der Mitte der Tanzfläche an. Meine Hand war fest in seiner gefangen. Wahrscheinlich wusste er, dass ich bei der ersten Gelegenheit die Flucht ergriffen hätte.

Ryan kam näher und legte mir die andere Hand auf den Rücken. „Bleib locker, Matthews. Hab Spaß!“ Er presste seine Lippen an mein Ohr. „Oder tu zumindest so.“

Mit einem sanften Schubs drehte er mich unter seinem Arm. Egal was Ryan tat, alles wirkte so lässig. Die Leichtigkeit seines Charakters, seine Sorglosigkeit, färbte in diesem Moment auf mich ab. Ich lachte, als er mich wieder gegen sich drückte und langsam mit mir zur Musik hin und her schwang. Der Disconebel erschwerte mir das Atmen, aber so nahe an Ryan roch ich nur noch ihn. Und er roch fantastisch. Genau wie vor einigen Tagen, als ich neben ihm aufwachte.

Ehrlich gesagt hatte ich keine Ahnung, was ihn heute Abend zu mir geführt hatte. Vielleicht war es Mitleid wegen dem, was zwischen Tony und mir passiert war. Und als Kapitän unserer Fußballmannschaft machte er es sich eben zur Pflicht, mich aufzuheitern. Oder vielleicht mochte er mich auch einfach. Wie auch immer, ich war dankbar, dass er nicht aufgegeben hatte, als ich ihm sagte, ich hätte keine Lust mitzukommen. Denn er tat mir und meiner Laune unglaublich gut. Er brachte mich dazu, zu vergessen. Er brachte mich zum Lächeln.

Und in diesem Moment brachte er mich dazu, ein wenig zu zittern.

Jedes Mal, wenn ich ihm so nahe war, fühlte ich dieses Kribbeln in meinem Bauch. Besonders als er mich wieder drehte und mich dann mit meinem Rücken gegen seine Brust drückte. Seine Hand lag sanft auf meinem Bauch und er machte mit mir eine Bodywelle.

Ein lautes Lachen platzte aus mir heraus, möglicherweise auch nur, um meine Scheu zu verstecken. „Was machst du denn da?“, rief ich über meine Schulter. Sein Gesicht war meinem überraschend nahe.

„Dich ablenken.“ Er machte eine weitere Welle. Ich spürte jeden seiner Muskeln, wie sie sich gegen meinen Rücken rieben. „Funktioniert's?“

Und wie. Ich antwortete ihm nicht. Stattdessen entspannte ich mich, als er mich zur Musik bewegte. Durch all das Tanzen rutschte mein T-Shirt über meinen Bauch nach oben. Seine Hand lag zur Hälfte auf meiner nackten Haut. Ein Schauer lief mir den Rücken hinunter; einer der aufregenden Sorte.

Schließlich endete der Song und Ryan sagte mir ins Ohr: „Phil ist gerade reingekommen. Lass uns rüber gehen und Hallo sagen."

Ich rückte mein T-Shirt zurecht und folgte ihm an die längliche Bar. Hier hinten war die Musik Gott sei Dank leiser. Ryan stellte mir einen Mann mit schulterlangem Haar vor, der ein schwarzes Muskelshirt trug. Er sah aus wie Mitte dreißig. Vielleicht etwas jünger. Phil spendierte uns zwei Cola. Nach dem heißen Tanz mit Ryan war ich mehr als dankbar dafür.

Ich setzte mich auf einen Lederhocker und lauschte, wie die beiden über Ryans bevorstehendes letztes Schuljahr und die neue Fußballmannschaft redeten. Philip fragte mich, wie es mir im Team gefiel.

Ich log ihn an. „Es ist großartig. Ich liebe das Training."

Der schräge Blick von Ryan machte mir klar, dass er mir kein Wort abkaufte.

„Was ist?“, flüsterte ich ihm zu und gab mich unschuldig.

Er lehnte sich weiter zu mir und streifte eine Haarsträhne hinter mein Ohr. „Ich habe immer noch die Nachricht, in der du schreibst, du bist fertig mit Fußball. *Liza.*“ Seine Stimme, als er meinen Namen sagte, brachte meine Haut zum Kribbeln.

Ich lehnte mich ein paar Zentimeter zurück, sodass ich in seine Augen blicken konnte. „Hast du meinen Namen wirklich nicht gewusst, bis ich dir die Nachricht geschickt habe?“

Er lachte und zuckte mit den Schultern. „Aus welchem Grund hätte ich ihn wissen sollen, Matthews? Du warst hinter Mitchell her. Das ging mich nichts an.“ Er wich meinem Blick für einen Moment aus. Ein lässiges Grinsen umspielte noch immer seine Lippen.

Ich war nicht sicher, ob ich ihm glaubte. „Du bist so ein Arsch, weißt du das?“ Ebenfalls lächelnd, verpasste ich ihm einen Schups gegen seine Schulter.

„Ich habe gehört, Mädchen stehen drauf.“ Er zwinkerte mir zu und trank aus seiner

Dose, doch sein Blick blieb dabei die ganze Zeit auf mich gerichtet.

Ich spürte, wie ich rot wurde, denn, wenn ich ehrlich war, hatte er recht. Es war viel zu leicht, ihm zu verfallen. Nicht nur, weil er in seinem weißen Hemd so unverschämt gut aussah, oder weil er so unglaublich gut duftete. Es war die Aufmerksamkeit, die er mir schenkte, durch die ich mich wirklich gut in seiner Nähe fühlte. Wie etwas Besonderes. Sogar begehrenswert.

Und für einen kurzen Moment wünschte ich mir, dass Ryan mich begehrte.

Mein Blick wanderte zu den zwei Leuten, die gerade auf der Bühne Karaoke sangen, und mit einem großen Schluck Cola versuchte ich, den Gedanken von gerade eben hinunter zu spülen. Es war ja sowieso nur das Resultat aus dem Schmerz, den mir Tony heute zugefügt hatte. Ich wollte meiner Liebe zu Tony treu bleiben, selbst wenn er deutlich gemacht hatte, dass er lieber den Barbie Klon küsste als mich.

Aber so wie Hunter zwischen meinen Beinen stand, mit einer Hand locker auf meinem Oberschenkel, konnte ich die Anziehung zu ihm nicht abstreiten. Sein Charme wirkte schon seit Tagen auf mich. Es war anders als alles, was ich bisher erlebt hatte. Frisch, aufregend, abenteuerlich. Der gute alte Tony konnte da nicht mithalten.

In diesem Moment hätte ich um nichts in der Welt gewollt, dass Tony mit Ryan den Platz tauschte. Und das war wohl das Erschreckendste an dem Ganzen.

Eine große, dunkelhaarige Schönheit tauchte plötzlich hinter Ryan auf und riss mich aus meinen Gedanken. Sie legte einen Arm um seinen Hals und küsste ihn auf die Wange. „Hallo kleiner Bruder."

„Hi Rach." Er wartete, bis sie vor mir stand, um uns vorzustellen. Als er mich allerdings Matthews nannte und als Freundin eines Freundes bezeichnete, wurde mir das Herz schwer.

Ich schüttelte Rachels Hand. „Ich bin Liza."

„Mach' dir nichts draus. Der Esel war noch nie gut mit Vornamen." Sie boxte ihm spielerisch gegen den Arm. „Ich habe Glück—ich bin seine Schwester."

„Das sagt gar nichts aus, *Carter*", veralberte er sie und machte sich noch eine Cola auf. Er stieß mit Philip an, der ebenfalls eine Dose vor sich stehen hatte.

„Soso, die Freundin eines Freundes, wie?“ Rachels Ton war unbekümmert, aber neugierig. „Wo ist dieser Freund?“

„Nicht hier.“ Ryan blickte zu mir. Ein unverkennbarer Schimmer von Abenteuer blitzte in seinen Augen. Ein Schimmer, der es immer wieder schaffte, mich nervös zu machen.

Rachel seufzte theatralisch und rollte mit den Augen. „Wann wirst du nur endlich erwachsen und entscheidest dich für *ein* Mädchen?“

„Er ist noch jung, Baby.“ Phil lehnte sich über die Bar und drückte Rachel einen Kuss auf den Mund. „Er hat Zeit.“

„Ich weiß.“ Sie drehte sich zu Ryan und gab ein grummelndes Geräusch von sich. „Trotzdem warte ich auf den Tag, an dem ein Mädchen dich durchschaut… und dich trotzdem leiden kann.“

Daraufhin lachte Ryan. „Ja, ich auch.“

Irgendwie war es seltsam, ihn so locker mit seiner Familie zu sehen, besonders nach dem gestrigen Erlebnis mit seiner Mutter im Strandhaus. Heute Nacht wirkte er viel freier. Unkomplizierter. Lustiger.

Philip nahm zwei Gläser vom Regal hinter der Bar. „Darauf trinken wir.“ Eines stellte er vor sich hin, das andere vor Ryan. Er begann sie mit Tequila zu füllen.

„Trink du nur mit Rachel. Ich passe." Ryan schob sein Glas rüber zu seiner Schwester. Seine Lippen waren auf einmal seltsam schmal und verbissen.

„Du willst nicht? Mit dieser hübschen jungen Frau als Trinkpartnerin?" Der geheimnisvolle Blick, den mir Phil zuwarf, verwirrte mich. Einerseits hatte ich nicht vor, auch nur den kleinsten Tropfen von diesem Teufelszeug zu trinken, andererseits hatte er mir aber gar kein Glas gegeben. Was meinte er also?

„Ich trinke nicht mit *ihr*."

Okay, Ryans Ton klang nun doch etwas verletzend. Er würde mit anderen trinken, aber nicht mit mir?

„Warum nicht? Ist sie schüchtern?", bohrte Philip nach.

„Sie ist zu nett."

„Ach so, dann ist sie also prüde?"

Was war das denn für ein Bullshit? „Ich bin nicht prüde! Und rein zufällig stehe ich neben euch, also tut nicht so, als könnte ich euch nicht hören. Wovon zum Teufel redet ihr?"

Als Ryan sich zu mir drehte, dachte ich, da wäre ein Hauch von Sünde in seinem Blick. Er streichelte meine Wange mit seinen Fingerknöcheln. „Sie ist anständig“, sagte er zu Phil.

„Ja, und anständig ist nur ein beschissenes Wort für zimperlich“, maulte ich. „Warum willst du mit mir nicht dasselbe machen, das du offenbar auch mit anderen machst, wenn du hierher kommst?“

Irgendwie hatte ich das Gefühl, dass mich mein verletzter Stolz in Schwierigkeiten bringen würde. Trotzdem konnte ich nicht zulassen, dass sie mich prüde nannten. Immerhin war ich heute zum zweiten Mal aus meinem Zimmer abgehauen, obwohl ich Hausarrest hatte. Und in diesem Moment saß ich auf einem Barhocker in einem Club, der seine Tore nur für Leute ab einundzwanzig öffnete.

„Du weißt nicht, was du da verlangst, Matthews.“

„Tja, es herauszufinden wird mich wohl kaum umbringen, oder?“ Verdammt, ich sollte mir die Zunge abbeißen.

„Na schön“, sagte Ryan langsam. „Aber vergiss nicht, ich habe dich gewarnt.“

KAPITEL 11

ICH PRESSTE MEINE Lippen fest aufeinander und sah Hunter eindringlich an. Nach seinen letzten Worten hatte ich die Hosen gestrichen voll. Philip füllte gut gelaunt die beiden Gläser; das von Ryan nur halb voll, auf Drängen seiner Schwester. Eine halbe Limettenscheibe kam noch oben auf.

Ryan schielte zu mir rüber. „Das ist deine letzte Chance. Bist du immer noch dabei?"

„Ich muss das nicht trinken, oder?" Verdammt, meine Stimme klang piepsig und unsicher.

„Nein, musst du nicht. Der Tequila ist für mich. Du hilfst nur mit der Limette."

Mit der Limette helfen? Was sollte das bedeuten? Sollte ich ihn damit füttern? Okay, das ließ sich einrichten. „Dann bin ich dabei."

Plötzlich verzog sich sein Mund zu einem spitzbübischen Lächeln. Ich fragte mich, ob ich gerade zur rechten Zeit am rechten Ort war. Aber es war zu spät, um jetzt noch den Schwanz einzuziehen.

Ryan nahm die Limette und ließ sein Glas mit Philips anklingen. Gleichzeitig hielt er mir die Limettenscheibe unter die Nase. „Beiß!“

„Wie bitte?“

„Beiß zu.“

Er drehte seine Baseballmütze so herum, dass der Schirm nach hinten zeigte. Dann kippte er den Tequila-Shot hinunter.

Ich lehnte mich nach vorn und biss in die Frucht. Meine Augen fixierten dabei die ganze Zeit sein Gesicht. Bäh, schmeckte das sauer. Ich zuckte zurück. Ryan warf die Limette zur Seite und fasste mich am Genick. Er zog mich näher zu sich. Alles passierte blitzschnell. Ich konnte mir nicht einmal den Limettensaft von den Lippen lecken.

Doch Ryan konnte es. Und mein Herz hörte auf zu schlagen.

Seine Zunge glitt langsam über meine Unterlippe. Er kostete den sauren Saft, lutschte vorsichtig und biss mich sanft. Dann presste er seine Lippen stärker auf meinen Mund, der sich plötzlich ganz von allein öffnete. Seine Zunge begann meine zu umspielen. Sinnliche Schockwellen durchströmten meinen ganzen Körper, bis in meine Fingerspitzen und Zehen.

Er ließ von meinen Lippen ab. Zurück blieb nur der Geschmack von Tequila und Limetten. Seine Hand war immer noch in meinem Nacken, als er mir reumütig in die Augen blickte. Reumütig und *leidenschaftlich.*

Ich hingegen schaute wahrscheinlich drein wie eine Katze, die man gerade ins kalte Wasser geworfen hatte. Total benommen. Keinen Ton brachte ich heraus.

„Danke für deine Hilfe mit der Limette“, sagte er so leise, dass ich es von seinen Lippen lesen musste.

Ich atmete langsam und tief ein, doch mein Herz raste. „Ah, ja. Keine Ursache.“

Ryan fand meine Verblüffung und die hängende Kinnlade wohl sehr erheiternd. Er neigte seinen Kopf leicht und verbiss sich das offensichtliche Grinsen. Letztendlich nahm er seine Hand von meinem Nacken und wandte sich wieder zu Phil.

Rachel bemerkte meinen benebelten Gesichtsausdruck und zeigte mir ihre Anteilnahme mit einem schuldbewussten Achselzucken. Sie schlich um ihren Bruder herum und verwickelte mich in eine

Unterhaltung, die mich nur schwer zu Atem kommen ließ. Nicht unbedingt das, was ich gerade brauchte, wenn Hunters Nachgeschmack in meinem Mund alles war, woran ich denken konnte. Aber diese Frau war unersättlich. Sie wollte alles über mich wissen, sogar was ich am liebsten zum Frühstück aß.

Ryan beugte sich über meine Schulter und warnte mich: „Sie ist der Teufel in Person, immer auf der Suche nach möglichen Schwägerinnen. Unterschreib' ja nichts." Ich bemerkte den Schimmer in seinen Augen, als ich an den Heiratsvertrag erinnert wurde, den seine Eltern allen weiblichen Gästen in ihrem Strandhaus abverlangten. Leichte Panik stieg in mir auf, doch als Rachel ihm dafür seine Kappe über die Augen zog, musste ich lachen.

„Komm mit. Ich rette dich vor der spanischen Inquisition." Ryan nahm mich bei der Hand und zog mich vom Barhocker.

Ich hatte keine Chance zu widersprechen oder auch nur zu fragen, wohin er mit mir wollte. Aber das machte nichts. Mir war so ziemlich alles recht, nur um keine weiteren Fragen beantworten zu müssen. Zumindest dachte ich das, bis ich begriff, was Ryan wirklich vorhatte.

„Das soll wohl ein Scherz sein?“ Ich stemmte mich gegen sein Ziehen und er stoppte vor der Bühne.

„Kein Scherz.“ Er manövrierte mich die paar Stufen hinauf.

Meine Hände zitterten. Oben angekommen, steuerte er auf den DJ zu und unterhielt sich kurz mit ihm über das Mischpult hinweg. Der Song, der gerade aus den Boxen dröhnte, verstummte. Die Stille war beängstigend. Ich brach in Panik aus. Schweiß perlte auf meiner Stirn. Mein Mund wurde trocken und meine Kehle verkrampfte sich.

Langsam drehte ich mich zur Menge unter mir um. Plötzlich wirkte der Discoraum zehnmal größer als bei unserer Ankunft. Mit Tausenden mehr Menschen. Und sie alle starrten zu mir hoch.

Oh. Mein. Gott.

Nie im Leben würde ich vor all diesen Leuten singen. Ich hielt an dem letzten bisschen Verstand fest, das mir noch blieb, und startete los zu den Stufen, die wir hier rauf gekommen waren. Aber Ryan schlang seinen Arm um meine Taille. Er zerrte mich zurück zum Mikrofon. Starr vor Angst, konnte ich mich nicht einmal wehren.

Ich zitterte am ganzen Körper. „Dafür wirst du büßen", fauchte ich.

Sein Lachen schallte in meinem Ohr. „Du kannst mich nachher dafür hassen. Jetzt singen wir."

Die Musik setzte mit einem stampfenden Rhythmus ein. Ich erkannte die Melodie sofort. Der Remix eines uralten Songs. Gott sei Dank wusste ich den gesamten Text auswendig. Nach dem Intro trällerte Ryan ins Mikro: *"Almost heaven… West Virginia…"*

Ich… sang nicht.

Ich stand nur stocksteif da und glotzte ihn an. Wie konnte er mir das antun? Ich wollte ihn schlagen, treten, ihn anschreien. Und er konnte all das mit Sicherheit aus meinem entsetzten Gesichtsausdruck ablesen. Aber was machte der fiese Kerl? Hielt mir das Mikro direkt vor den Mund. Wenn ich mich nicht total blamieren wollte, hatte ich keine andere Wahl als *Country Roads* mit ihm zu singen. Also sang ich.

Meine Stimme donnerte aus den Lautsprechern über unseren Köpfen. Zugegeben, es klang gar nicht mal so übel. Ryans Lächeln wurde breiter, als er die Zeilen mit mir sang. Ich stellte fest, dass ich die Töne harmonisch halten konnte und den Text pannenfrei herausbrachte, solange ich nur in seine animierenden Augen sah. Schon komisch, je länger wir da oben standen und ich nichts verpatzte, umso mehr Spaß fand ich an der Sache.

Es dauerte nicht lange und die Menge tobte.

Ryan blieb cool und ich fragte mich, wie oft er schon hier oben gestanden hatte. Er bewegte sich leicht zur Musik, stampfte mit dem rechten Fuß den Rhythmus mit. Mann, er war unglaublich sexy.

Ohne Vorwarnung ließ er mich plötzlich allein mit dem Mikro. Meine hart erkämpfte Courage sackte zu Boden, genau wie mein Magen. Etwas unsicher sang ich weiter und verfolgte ihn aus dem Augenwinkel. Er verschwand hinter mir und lehnte sich sanft gegen meinen Rücken. Er nahm meine Hände und klatschte sie im Takt der Musik über meinem Kopf zusammen. Die Menge imitierte mich, sang und klatschte mit uns. Es war unglaublich.

Die Wärme, die sein Körper ausstrahlte, gab mir wieder Sicherheit. Seine Stimme drang in mein Ohr, als er mit mir sang, doch das Publikum konnte nur mich durch die Lautsprecher hören. Ich hasste ihn immer noch dafür, was er mir hier antat. Aber ich musste zugeben, es machte Spaß.

Endlich war das Lied vorbei. Ich kämpfte mit meinem aufgebrachten Atem und wischte mir den Schweiß von den Brauen. Pfiffe und Rufe aus der Menge feuerten uns an, noch einen Song zu bringen.

Ryan warf mir einen herausfordernden Blick zu. „Was denkst du? Sollen wir?“

„Ich denke, ich werde dich umbringen. Keine zehn Pferde bringen mich dazu, noch einmal zu singen.“ Dieses Mal ließ ich ihm keine Möglichkeit, mich zu überrumpeln. Ich fasste seine Hand und zog ihn hinter mir von der Bühne.

Rachel stand bei ihrem Ehemann hinter der Bar. Seine Arme waren um ihre Taille geschlungen.

„Das war einfach großartig!“ Sie strahlte mich an. „Ihr beide gebt echt ein süßes Paar ab.“

Nach dem Grauen, das er mir gerade angetan hatte? „Ja, klar.“ Ein Lachen platzte aus mir heraus. Viel zu laut. Ich befand mich wohl immer noch auf einem Adrenalinhoch.

Nach einem Blick auf meine Armbanduhr entschied ich, dass viertel vor zwölf eine gute Zeit war, um nach Hause zu fahren. Wir verabschiedeten uns von Ryans Familie und verließen den Club.

Die kühle Luft fühlte sich wundervoll auf meinem erhitzten Gesicht an. Ich drückte die Handflächen auf meine glühenden Wangen.

„Willst du wieder hinters Steuer?"

Ich drehte mich zu Ryan. Meine Knie waren immer noch zittrig. „Lieber nicht. So wie ich mich gerade fühle, kann es leicht passieren, dass ich dein Auto um einen Baum wickle."

Mit seinem Arm um mich gelegt, führte er mich zur Beifahrerseite und hielt die Tür für mich auf. In einer gemütlichen Fahrt brachte er mich nach Hause. Eine Weile beobachtete ich die Laternen, wie sie an meinem Fenster vorbeizogen, dann drehte ich mich zu Ryan und beobachtete ihn für die nächsten paar Minuten. Diese Aussicht gefiel mir viel besser.

Er blickte kurz zu mir. „Hat es dir gefallen heute Nacht?"

Ganz bestimmt gefiel *er* mir. „Es ging so." Ich zuckte belanglos mit den Schultern. Doch dann kaute ich auf meiner Lippe und entschied, ich konnte ihm auch etwas mehr von der Wahrheit gönnen. „Eigentlich war es ganz nett. Trotzdem hasse ich dich!"

„Ich weiß." Sein sanftes Lachen erfüllte das Wageninnere. „Es tut mir leid, dass ich dich heute in die Hölle geschickt habe, als wir auf die Bühne stiegen."

„Und das sollte es auch."

Die grellen Scheinwerfer eines entgegenkommenden Autos blendeten ihn kurz. Seine Augen verengten sich zu schmalen Schlitzen. Er wartete ab, bis das andere Auto an uns vorbei war, dann stichelte er: „Und die Limetten-Überraschung?"

„Was ist damit?"

„Sollte mir die auch leidtun?"

Leidtun, dass er der erste Junge war, der mich geküsst hatte? Hitze stieg in mir auf bei dem Gedanken an seine sanften Lippen. Nur gut, dass er nicht sehen konnte, wie sich mein Körper als Reaktion auf diese Erinnerung anspannte. Ich versuchte meine Stimme teilnahmslos zu halten. „Nein. Ich hätte einfach auf dich hören sollen."

„Jep." Der Übermut eines Lausebengels blitzte in seinen Augen auf. „Oder vielleicht auch nicht."

„Vielleicht auch nicht...", stimmte ich leise zu. Meine Wangen glühten.

„Also hat es dir gefallen?" Auf der Geraden warf er einen kurzen Blick zu mir und reizte mich mit einem flirtenden, halbseitigen Lächeln. Ich schwieg. Er sah wieder nach vorn und lachte. „Oh ja, das hat es.“

Unwillkürlich zuckten meine Mundwinkel nach oben. Ich drehte meinen Kopf wieder zur anderen Seite und betrachtete die dunkle Landschaft vor meinem Fenster. Er musste ja nicht alles wissen.

Ryan parkte den Wagen etwas weiter die Straße rauf, damit meine Eltern nichts mitbekamen. Als wir zu meinem Haus spazierten, kamen wir auch an Tonys vorbei. In seinem Zimmer brannte noch Licht. Was machte er so spät noch auf?

Egal. Es ging mich nichts an. Soviel hatte ich heute Nachmittag gelernt. Ich zwang meine Gedanken in eine andere Richtung. In die von Ryan Hunter.

So wie er mich beobachtete, als wir die Straße entlang gingen, brachte er mein Herz zum Rasen. Vor unserer Gartenhütte angekommen, stellte er sich wieder breitbeinig hin. Ich wusste, ich würde gleich wieder nach oben katapultiert werden. Gott, wie ich das hasste.

„Was meinst du, Matthews? Sollen wir das wiederholen?“

Feiern bis Mitternacht? „Vielleicht sollten wir das wirklich. Aber lass uns damit warten, bis mein Hausarrest vorüber ist. Ich habe echt kein gutes Gefühl dabei, rein und raus zu schleichen, wie eine Kriminelle.“

Er nickte und hob mich nach oben. Die Luft wurde aus meiner Lunge gequetscht, als ich bäuchlings auf dem Dach landete und mich schwerfällig weiter über die Kante zog. Leider hatten Beweglichkeit und ich nichts gemeinsam.

„Gute Nacht“, flüsterte ich auf dem Weg in mein Zimmer.

„Wir sehen uns.“

Ich kletterte durchs Fenster und schlüpfte in meine Boxershorts und das Top, das ich zum Schlafen trug. Dabei dachte ich über den heutigen Tag nach und wie seltsam er ausgegangen war.

Geküsst von Ryan Hunter. Das war verrückt.

Ich war total verliebt in Tony. Und trotzdem strich ich mir gerade mit der Zunge über die Lippen und träumte von Ryans schönen Tigeraugen.

Ob er wohl auch an mich dachte?

Mit einem verträumten Seufzer kroch ich ins Bett und machte das Licht aus. Im nächsten Moment hörte ich ein Rascheln im Baum und dann Fußtritte auf dem Dach der Hütte. Mein Herz klopfte mir bis zum Hals. Das konnte nur Tony sein. Wahrscheinlich hatte er mich heimkommen gesehen.

Ich war nicht sicher, ob ich heute Nacht wirklich noch mit ihm reden wollte. Nicht nur, weil ich immer noch verletzt war, dass er mit dieser Schnepfe ausging, sondern weil ich eigentlich viel lieber jemand anderen wiedersehen wollte. Jemanden mit fesselnden, braunen Augen.

Ach Scheiße. Ich stand auf und machte das Licht wieder an. Meine Schläfen pochten. Ich kreiste mit den Fingerspitzen darüber, um den Schmerz zu lindern und hoffte, Tonys Besuch würde nicht allzu lange dauern.

Und dann war er da. Er saß auf meinem Fensterbrett und hob gerade seine Beine über den Rahmen. Ich schluckte und trat einen Schritt zurück.

„Hunter! Was machst du hier?“

KAPITEL 12

„ICH HABE ETWAS vergessen."

„Du kannst nicht einfach hier hochklettern. Ich habe nur meine Shorts an." Mein Protest hatte so viel Kraft, wie der Flügelschlag einer Motte. Aber offen gesagt war es mir scheißegal, was ich gerade anhatte. Es zählte nur eins. *Er* war hier. Eine Adrenalinflut überrollte mich.

Ryan kam auf mich zu. Langsam, wie eine Raubkatze. Sein Blick schweifte nach unten, meine nackten Beine entlang. Ein prickelndes Zittern hinterließ eine Spur von Gänsehaut auf mir.

„Shorts…? Sieht unglaublich sexy aus. Du solltest öfter Boxershorts tragen. So was steht dir." Er hakte seinen Finger in den Bund meiner Shorts und zog mich näher an sich. Damit sprengte er den Rest der Welt geradewegs aus meinem Kopf.

Meine Hände legten sich auf seine Brust. Er war viel zu nahe. Doch ich konnte nicht aufhören, ihn mit weit aufgerissenen Augen anzustarren. Sein Gesicht, seine Lippen… Scheiß auf Tony und meine Schwärmerei für ihn.

„Du hast etwas vergessen?“ Verdammt, ich klang mehr wie eine Kröte als ich selbst. „Was denn?“

Ryan nahm seine Baseballmütze ab und warf sie hinter mich aufs Bett. Seine Hand wanderte um meine Hüfte herum und drückte mich noch fester an ihn. Die andere Hand legte er mir auf die Wange. Er neigte seinen Kopf so langsam zu mir, dass ich dachte, die Spannung würde mich umbringen. Sein Blick sprang zwischen meinen Augen und meinem Mund hin und her. Und dann küsste er mich.

Bei der ersten sanften Berührung schloss ich meine Augen. Ich versank in seiner Umarmung; ließ ihn die Führung übernehmen. Mein Mund öffnete sich leicht unter seinem. Etwas zaghaft brachte ich meine Hände nach oben und legte sie um seinen Nacken. Anscheinend mochte er das. Er schlang seine Arme noch fester um mich. Seine Zunge berührte meine. Erst nur ganz sanft. Die zurückgehaltene Leidenschaft brachte meinen Körper zum Beben. Ich war wie berauscht.

Ryan schob seine Hand in mein Haar. Der Kuss wurde intensiver. Ein überraschendes Stöhnen entkam mir. Er verwickelte mich in einen Tanz aus Lippen und Zungen, manchmal begierig und im nächsten Moment federleicht und zärtlich.

Der angenehme Patschuliduft seines Aftershaves brannte sich auf ewig in mein Gedächtnis, zusammen mit der Erinnerung daran, wie er heute Nacht meine ganz persönliche Welt aus der Bahn warf.

Langsam lösten sich seine Lippen von meinen. Er wich wenige Zentimeter zurück und wartete, bis ich die Augen öffnete. Dann lehnte er die Stirn gegen meine. Das einseitige Lächeln, das ich an ihm am liebsten mochte, kam zum Vorschein.

„Übrigens, Liza… ich kenne deinen Namen seit der dritten Klasse. Um genau zu sein, seit dem Tag, an dem du zum ersten Mal auf dem Fußballplatz aufgekreuzt bist, um Mitchell zu beobachten."

Ich verbiss mir ein Lächeln, doch ich wusste, dass ich nichts gegen mein Freudestrahlen tun konnte. „Tatsächlich?"

„M-hm." Er stupste meine Nasenspitze an und küsste mich noch einmal. Feurig. Sinnlich. Und unwiderstehlich süß. Er hielt mich mit seinen Armen fest umschlugen. Seine Hände wanderten vorsichtig unter mein Top und streichelten sanft über meine empfindliche Haut am Rücken.

Meine Knie wurden schwach durch das Feuer, das er in mir entzündete. Ich ließ mich ganz in seine Umarmung fallen.

„Was zum Teufel—!"

Ryan wurde aus meinen Armen gerissen. Ich konnte nichts dagegen tun. Ich schnappte nach Luft und kämpfte mit meiner Balance.

„Nimm deine verdammten Hände von ihr!"

„Tony! Nein!", kreischte ich heiser, als er Ryan einen harten Kinnhaken verpasste.

Ohmeingott! Ohmeingott! Ohmeingott!

Ryan stolperte rückwärts. Er fing sich gerade noch ab, bevor er in meinen Schrank krachen konnte. Ich wollte zu ihm eilen, doch er streckte eine Hand aus und hielt mich davon ab. Bei dem wütenden Ausdruck seines Blickes gefror mir das Blut in den Adern.

Seine Zunge glitt über seine aufgeplatzte Lippe. Mit dem Handrücken wischte er sich das Blut vom Mund. Den Bruchteil einer

Sekunde später stieß er Tony gegen die Wand und presste seinen Unterarm gegen Tonys Kehle.

„Dieses Mal kommst du noch davon, Mitchell, weil wir Freunde sind“, knurrte Ryan so scharf, wie ein tollwütiger Wolf. „Aber wenn du das nochmal machst, überlebst du die Nacht nicht.“

„Du machst mir keine Angst, Hunter.“

Ich hatte Tony noch nie so zornig gesehen. Er nahm Ryans Warnung nicht ernst. Im Gegenteil, er verpasste ihm einen Kopfstoß auf die Nase. Meine Gedanken rasten panisch im Kreis. Ich konnte mich kaum bewegen. Die Wut in Ryans Blick bestätigte meine schlimmste Befürchtung. Tony hatte gerade sein Todesurteil unterzeichnet.

Aus Angst um meinen besten Freund und nicht weniger Sorge um Ryan, sprang ich zwischen die beiden und hielt sie mit ausgestreckten Armen auseinander.

„Nein!“, fauchte ich. *„Nein!* Das werdet ihr nicht tun. Nicht in meinen Zimmer. Und ganz sicher nicht wegen mir!“

Ich starrte sie mit schmalen Augen abwechselnd an, voller Furcht, meine Eltern könnten von dem Lärm aufwachen und mich mitten in der Nacht mit zwei Jungs in meinem Zimmer erwischen. Mein Hausarrest würde vermutlich um ein bis zwei Jahrzehnte verlängert.

Als ich zwischen den beiden stehenblieb, holten sie tief Luft und die Lage schien sich etwas zu entspannen. Meine Knochen zitterten nicht mehr ganz so stark. Ich drehte mich zu Tony und richtete einen hasserfüllten Blick auf ihn.

„Warum bist du hier?“ Und ruinierst den schönsten Moment in meinem Leben. *Du Idiot!*

„Ich wollte sichergehen, dass er seine Finger von dir lässt.“

Ryan funkelte ihn böse an. Im Gegensatz zu Tony war er jetzt unglaublich ruhig, was mich ziemlich verängstigte. „Du hast echt einen beschissenen Moment gewählt, um hier aufzutauchen.“

„So wie ich das sehe, bin ich gerade rechtzeitig gekommen. Du wirst sie nicht noch mal anfassen!“

„Ich bin sicher, Liza kann für sich selber sprechen und braucht dich nicht als Babysitter.“ Während Ryan das sagte, legte er mir die Hände auf die Hüften und schob mich zur Seite.

Ich war nicht sicher, ob das eine gute Idee war. Aber so wütend, wie Tony gerade war, war ich doch froh, aus der Schusslinie zu sein. Ryan nahm eine beschützende Haltung neben mir ein und verurteilte Tony mit einem giftigen Blick. „Das hier geht dich absolut nichts an."

„Liza und ich sind Freunde und daher geht sie mich sehr wohl etwas an", konterte Tony und ließ Ryan keine Sekunde aus den Augen.

„Was zum Teufel ist dein Problem?"

„Du bist mein Problem. Der ganze Mist hat hier ein Ende. Ich hatte dich nicht darum gebeten, soweit mit ihr zu gehen."

Ich sah, wie sich jeder Muskel in Ryans Körper anspannte. „Halt deine verdammte Klappe, Mitchell!", warnte er ihn in einem mörderischen Ton.

Doch plötzlich wollte ich gar nicht mehr, dass Tony still war. Im Gegenteil. Ich wollte wissen, was er damit meinte.

Tony machte einen provokanten Schritt auf Ryan zu. „Keiner hat gesagt, du sollst sie flachlegen, als ich dich gebeten habe, sie abzulenken."

Bei diesen Worten wurde mir plötzlich flau im Magen. Das war zu viel Information in nur zwei Sekunden. Ich blickte in Ryans entsetztes Gesicht. Meine Augen wurden dabei ganz schmal.

„Ablenken?“, spuckte ich ihm direkt ins Gesicht, doch es kam kein richtiger Ton aus meinem Mund. Ich hatte dieses Wort heute Nacht einmal zu oft gehört.

Er biss die Zähne aufeinander. „Es ist nicht so, wie es—“

„Ist es nicht?“ Was dann? Der Club, der Kuss. Er hatte mich sogar seinen Wagen fahren lassen. Das war alles nur Teil seines großartigen Plans gewesen, um mich *abzulenken*. Und das Schlimmste daran war, dass Tony ihn geschickt hatte. Eine gute Tat für die alte Freundin, die er verletzt hatte. Ich wollte mich in der hintersten Ecke meines Zimmers verkriechen und nur noch heulen. Mein Leben war so unfair.

„Bullshit! Natürlich ist es das, wonach es aussieht“, warf Tony ein, bevor Ryan noch etwas sagen konnte. „Er rief mich heute Nachmittag an und wollte wissen, warum du plötzlich nicht mehr zum Training kommen wolltest. Ich hatte ihn gebeten, dich auf andere Gedanken zu bringen. Weg von—“ Die Verlegenheit stand ihm ins Gesicht geschrieben, doch seine Stimme wurde sanfter. „Von uns beiden. Ich wusste, dass du mich nicht sehen wolltest. Aber ich konnte den Gedanken nicht ertragen, dass du allein in deinem Zimmer hockst und weinst.“ Im nächsten Moment wurde sein Ton schärfer, als je zuvor. „Aber jetzt, wo ich darüber nachdenke, war es wohl von Anfang an eine Scheißidee. Du hast was Besseres verdient, als ihn. Er will nur eins, dich ins Bett kriegen. Nicht wahr, Hunter?“

Warte. „Ich verdiene etwas Besseres?“ Ich konnte nicht fassen, dass er mir mit etwas derart Dämlichem kam, wo er doch derjenige war, der Barbie Girl mir vorzog. „Wen, Tony? *Dich* vielleicht?“

„Warum nicht? In den letzten paar Jahren war ich dir gut genug.“

Das warst du. Bis heute Nachmittag, als du mir das Herz aus der Brust gerissen hast.

Ryan schubste Tony weg von mir. Er war stinksauer. „*Jetzt* fängst du an, um sie zu kämpfen? Du gottverdammter Idiot!“

„Ich muss nicht um sie kämpfen. Nicht mit dir. Sie wollte dich nie haben.“

„Vielleicht will sie mich jetzt? Und das jagt dir eine Heidenangst ein, nicht wahr? Du konntest sie aufgeben, aber nicht mit ansehen, wie sie sich für jemand anderen entscheidet. Du bist so erbärmlich."

Wenn man es von dieser Seite betrachtete, hatte Ryan recht. Aber was zur Hölle war passiert, dass ich plötzlich zwei wilde Kampfhähne in meinem Zimmer hatte, die sich um mich stritten? Das konnte einfach nicht wahr sein.

Ich sah zu Tony, versuchte seinen Gesichtsausdruck richtig zu deuten. „Was geht hier überhaupt vor? Ich dachte, du bist mit Cloey zusammen. Warum bist du dann mitten in der Nacht bei mir?"

An seinem verlegenen Blick erkannte ich, dass er mir das nicht erzählen wollte, solange Hunter hier war. In mir stieg ein übles Gefühl auf. Instinktiv hielt ich mich an der Kante meines Schreibtisches fest, um Halt zu finden.

„Das ist nicht schwer zu erraten", beantwortete Ryan meine Frage. Er verschränkte die Arme vor seiner Brust. „Du hast mit Cloey geschlafen. Und sie hat dich fallenlassen, genauso wie ich es dir vorausgesagt hatte."

Tony blieb still.

Er. Und Cloey. Nackt. Im selben Bett.

Ein schriller Schrei in meinem Kopf drohte, mein Trommelfell von innen her zu zerreißen. Meine Knie ließen mich im Stich. Ich sackte aufs Bett. Tony streckte seine Hand nach mir aus, doch wie eine Spinne krabbelte ich aus seiner Reichweite.

„Fass mich nicht an!“ Mein Hals schmerzte bei jedem Atemzug.

Er kniete sich mit einem Bein auf die Bettkante. „Bitte, Liz—“

„Nein!“ Ich schlug ihm ins Gesicht—zum allerersten Mal, seit ich ihn kannte. Durch die Kraft in meinem Schlag zuckte sein Kopf zur Seite. „Und jetzt verschwinde!“

Tony wartete ein paar Sekunden. Er ließ mich nicht aus seinen Augen. Ich wusste, er wollte nicht aufgeben.

Doch ich wollte nichts mehr mit ihm zu tun haben. „Ich sagte, verschwinde.“ Meine Stimme war von Hass erfüllt.

Langsam zog sich Tony zurück. Er gab ein verärgertes Knurren von sich und kletterte aus meinem Fenster. Wir wussten beide, irgendwann würde der Tag kommen, an dem wir wieder miteinander reden würden. Aber heute Nacht entschied ich, dass dieser Tag in weiter Ferne lag.

Erst als Tony verschwunden war, drehte sich Ryan zu mir um. Blut tropfte von seiner Nase und Unterlippe. Er wischte es weg. Eine dunkelrote Spur blieb auf seinem Handrücken sichtbar. „Ich wollte wirklich nicht—“

„Hör auf! Ich weiß nicht, wer von euch beiden mich gerade mehr anwidert.“ Tony, für das, was er mit Cloey getan hatte, obwohl ich ihn immer noch liebte. Oder Hunter, der genau der Arsch war, für den ich ihn immer gehalten hatte.

Wie konnte er mich in etwas so Schönes, wie unseren Kuss, hineinziehen, wenn es tatsächlich nur zur Ablenkung diente?

Eines musste ich Hunter allerdings lassen. Er war nicht so dämlich und kam mit falschen Entschuldigungen auf mich zu, wenn ich sowieso schon knapp davor war, die Kontrolle über mich zu verlieren. Trotzdem ging er nicht. Bei dem flehenden Blick in seinen Augen hatte ich Schwierigkeiten, meine Tränen zurückzuhalten.

„Ich bin heute nicht zu dir gekommen, weil Mitchell mich darum gebeten hatte. Ich kam, weil ich dich wiedersehen wollte.“

„Ja, genau. Als ob ich dir noch ein Wort glauben würde. Was war das noch gleich? Ach ja, Ablenkung. Verrate mir eins. Sah ich wirklich so armselig aus, dass du dachtest, ich brauche dein Mitleid?“ Ich schluckte den Schmerz hinunter, der wie ein harter Ball in meiner Kehle saß. „Oder wolltest du mich einfach nur ins Bett kriegen?“

Ryan knetete die Stelle zwischen seinen Augen. „Lass den Blödsinn, Liza. Du weißt, dass nichts von dem wahr ist.“

In Wahrheit wusste ich überhaupt nicht mehr, was ich noch glauben sollte. Mein Kopf tat zu sehr weh, um heute Nacht auch nur noch einen einzigen klaren Gedanken fassen zu können. In diesem Moment wollte ich niemanden in meiner Nähe haben. Ganz besonders nicht diesen Lügner.

„Geh jetzt. Ich will dich nie wiedersehen.“

Eine ganze Minute lang stand er einfach nur da und sah mich an. Dann kam er auf mich zu. Ganz langsam. So als würde er jeden Schritt abwägen. Er beugte sich nach vorn und stützte beide Hände links und rechts neben mir auf das Bett. Aus nur wenigen Zentimetern Entfernung blickte er mir in die Augen. Ich wich keinen Millimeter zurück.

„Für einen kurzen Augenblick dachte ich wirklich, ich hätte eine Chance. Aber am Ende wird wohl Mitchell der Glückliche sein.“ Er rückte noch näher und überbrückte die letzten Zentimeter, die uns trennten.

Was zum Geier hatte er vor? Wollte er mich noch einmal küssen? Ich hielt den Atem an. Doch er langte hinter mich nach seiner Kappe und richtete sich wieder auf. Er zog die Mütze tief in sein Gesicht. „Schätze, wir sehen uns in der Schule, Matthews."

Ryan blickte nicht zu mir zurück, als er durchs Fenster hinausstieg und in der Dunkelheit verschwand.

Ich fiel nach hinten aufs Bett, rollte mich zu einem kümmerlichen Bündel zusammen und fing an zu schluchzen. Wo war nur die gottverdammte Rückspultaste für den heutigen Tag?

KAPITEL 13

TAGE VERGINGEN. ICH hörte von keinem der beiden etwas. Es war eine lange Woche. Viel zu lang, mit viel zu vielen Gedanken, die immer nur um zwei Themen kreisten. Erstens, wie weich sich Ryans Lippen anfühlten. Und zweitens, Tony und Cloey. Ich bekam dieses furchtbare Bild einfach nicht aus meinem Kopf.

Nach Dienstagnacht dachte ich, ich würde den Schmerz, der mein Herz mit Stahlklauen zerriss, nicht überleben. Aber letztendlich sank ich in einen Zustand der Gleichgültigkeit, der es mir nicht nur erlaubte, Tony und Ryan zu vergessen, sondern auch den Rest der Welt.

Am Freitag hob meine Mom den Hausarrest vorzeitig auf. Sie war erschrocken darüber, wie selten sie mich in letzter Zeit gesehen hatte und wie blass und eingefallen mein Gesicht aussah.

Ja, mein Zimmer war meine Festung. Ich brauchte kein Essen und schon gar keine Gesellschaft. Ich konnte nicht einmal sagen, wann ich zum letzten Mal ein Bad genommen hatte. Aber auch ohne Stubenarrest kam es mir nicht in den Sinn, mein Fort zu verlassen. Sollte die Welt sich ohne mich weiterdrehen. Es kümmerte mich nicht länger. Ich war zufrieden mit den zwanzig Quadratmetern, die mir allein gehörten.

Samstagnachmittag bekam ich die erste Nachricht. Von Tony. KANN ICH RAUFKOMMEN?

Seit dem Tag, an dem wir beschlossen hatten, beste Freunde zu werden, weil wir beide Tom & Jerry Cartoons liebten, hatte er nicht ein einziges Mal gefragt, bevor er in mein Zimmer kam; ob nun durch die Tür oder durchs Fenster.

Meine Finger verkrampften sich um das Telefon. Mit einem Seufzen auf den Lippen, ging ich zum offenen Fenster. Tony lehnte gegen den Baum. Er hatte die Hände in die Hosentaschen geschoben. Ich fragte mich, ob er wusste, dass die Sachen, die er heute trug—das blaue T-Shirt und das Hemd darüber—mein Lieblingsoutfit an ihm war. Und ob er es aus einem bestimmten Grund angezogen hatte.

Unsere Blicke trafen sich auf halber Höhe. Die Worte „Es tut mir leid“ standen ihm ins Gesicht geschrieben. Ich war nicht sicher, welche Botschaft mein Gesichtsausdruck ihm vermittelte, doch für den Fall, dass er sie nicht verstand, schloss ich langsam das Fenster. Und um ganz sicher zu gehen, zog ich auch noch die Vorhänge zu.

Überraschenderweise versuchte Ryan am gleichen Tag mich anzurufen. Ich nahm den Anruf nicht entgegen, sondern blockierte seine Nummer. Nur für den Fall. Ich wollte nicht in Versuchung geraten, doch noch abzuheben, falls er es noch einmal probieren sollte.

In der folgenden Nacht machte ich kein Auge zu. Stundenlang wälzte ich mich im Bett hin und her und grübelte darüber nach, ob Ryan zu blockieren wirklich die richtige Entscheidung war. Kurz vor drei Uhr morgens hob ich die Sperre auf. Und hey, er hatte doch tatsächlich noch dreimal versucht, mich anzurufen. Außerdem war eine SMS eingegangen.

KOMM SCHON. LASS UNS REDEN.

Ich wollte wirklich auf diese SMS antworten. Er fehlte mir. Irgendwie hoffte ich immer noch, dass er ehrlich mit mir sein würde und mich davon überzeugen konnte, dass er doch nicht so ein gemeines Aas war. Andererseits hatte ich genau davor Angst. Und ich wäre dann der Idiot, der ihm glauben würde. Ich schickte ihm eine einzige Nachricht.

FAHR ZUR HÖLLE!

Diese SMS um drei Uhr morgens ließ ihn verstummen. Er versuchte danach nicht mehr, mich zu erreichen.

Großartig. Es sah so aus, als ob ich genau das bekam, was ich wollte. Nur dass ich es hasste.

Ein paar Tage, bevor die Schule wieder anfing, bekam ich einen Anruf von Susan Miller. Sie versuchte mich zu einer Shoppingtour zu überreden. Schließlich mussten wir noch Einiges an Schreibutensilien für das neue Schuljahr besorgen. In einem dreißigminütigen Gespräch ließ ich mich dazu breitschlagen. Allerdings nur, weil ich neugierig war, was denn zurzeit so beim Fußballtraining los war. Mehr noch, ich wollte wissen, wie die Dinge zwischen Tony und Ryan standen. Eine Shoppingtour mit Susan erschien mir dazu genau richtig.

Sie holte mich Freitagnachmittag ab. Anstatt mit dem Auto ihres Vaters zu fahren, schlenderten wir zu Fuß in die Stadt. Tatsächlich war dies das erste Mal seit Wochen, dass ich es weiter, als über unserer Grundstückgrenze hinaus und zurück in die Zivilisation schaffte. Es fühlte sich an, als wäre ich der Welt für Jahre ferngeblieben. Umso mehr überraschte es mich, dass sich überhaupt nichts verändert hatte.

„Ich vermisse dich beim Training“, sagte sie, als wir den Schreibwarenladen betraten. Dann machte sie Würggeräusche. „Hunter hat Millicent Kerns aus seinem Biologiekurs in die Mannschaft geholt, um dich zu ersetzen. Ich schwöre, die Frau ist eine Lawine, wenn sie zum Tor rollt. Die vergräbt alles und jeden unter sich.“

Ja, neunzig-Kilo-Millicent war genau das Mädchen, das wie eine Schneelawine über das Feld fegen würde. Bei der Vorstellung musste ich lachen.

Als wir in einer Kiste mit Stiften einige nette Farben auswählten, sagte ich in einem beiläufigen Ton: „Mir fehlt das Training auch ein wenig. Aber nachdem ich mir gleich beim ersten Mal das Bein verletzte, habe ich beschlossen, dass dieser mörderische Sport nichts für mich ist."

Susan ließ einen rosa Stift zurück in die Box fallen. Aus den Augenwinkeln sah ich, wie sie sich langsam zu mir umdrehte, die Arme vor ihrer nicht existierenden Brust verschränkte und mich eindringlich anstarrte. „Willst du mich veräppeln?"

Nun hatte sie meine volle Aufmerksamkeit. Ich öffnete den Mund, obwohl ich nicht wusste, was ich sagen sollte. Also machte ich ihn wieder zu und runzelte nur die Stirn.

„Jeder weiß, dass du die Mannschaft verlassen hast, weil Hunter dich angebaggert hat und dir das nicht gefiel."

Ich brauchte ein paar Sekunden, um mich wieder zu fangen. „Ist das so?" Wer erzählte denn diesen Schwachsinn?

„Ja. Na ja, es ist doch die Wahrheit, oder?"

Wenn ich weiterhin so viel Zeit zwischen meinen Antworten verstreichen ließ, würden mich die Leute noch für unterentwickelt halten. „Nicht so ganz."

Ihre Mandelaugen wurden noch kleiner als sonst. Sie wirkte leicht verwirrt. „Was meinst du denn mit *nicht so ganz?* Hat er dich etwa nicht angebaggert?“

„Doch, das hat er. Irgendwie. Ich meinte auch eher den Teil mit, *es hätte mir nicht gefallen.*“

„Wow. Also hat es?“

Mir gefallen? „Ja, ich denke schon.“

Susan machte ein freudiges Gesicht, als wären das die besten Nachrichten seit langem. Sie nahm ein paar Hefte aus dem Regal und warf sie in ihren Einkaufskorb. Dann blieb sie stehen und sah mich an, als stünde sie kurz davor zu explodieren. „Warum um Himmels willen hast du dann das Team verlassen?“

Ich spielte mit den Stiften in meiner Hand und zuckte mit den Schultern. „Es ist kompliziert.“ Und nichts worüber ich im Moment reden wollte. Ihr Blick bohrte sich in meinen Schädel. Ich seufzte. „Na schön. Er hat mich geküsst und es war ganz nett, okay? Nur leider hat er mich aus dem falschen Grund geküsst. Nicht, weil er mich wirklich mochte, sondern mehr aus Gefälligkeit für einen Freund.“

„Du bist wohl total Banane! Ryan Hunter ist verrückt nach dir.“ Sie betonte jedes einzelne Wort.

Ich starrte sie verblüfft an. „Was?“

„Hast du auch nur die geringste Ahnung, wie lange es dauerte, bis er Tony überreden konnte, dich zu einer seiner Partys mitzunehmen?“

„Ernsthaft?“

Sie nickte enthusiastisch. „Und du bist auch als einzige ins Team aufgenommen worden, ohne jemals ein Tor bei den Qualifikationen zu schießen. Glaub mir, ich weiß das. Ich musste zwei schießen, um mich wirklich zu qualifizieren.“

„Moment mal. Das ist nicht wahr. Ich habe Frederickson genau auf die Brust getroffen.“

Susans Grinsen ging mir auf die Nerven.

„Muss ich dir hier wirklich die Regeln von Fußball erklären? Es zählt *nicht* als Tor, wenn du den Torwart triffst.“

Verdammt. Sie hatte recht. „Aber Tony und Ryan sagten mir, ich *solle* Frederickson treffen.“

„Weil das für dich der leichteste Weg war.“

Ich schlug mir mit der flachen Hand gegen die Stirn. Ryan hatte mich wirklich bevorzugt behandelt. Aber warum?

Als ob sie meine unausgesprochene Frage hören konnte, neigte Susan ihren Kopf, kräuselte die Lippen und sang in einem elenden *ich-hab's-dir-ja-gesagt* Ton: „Er mag dich."

„Ja, vielleicht", stimmte ich leise zu.

„Also, was wirst du jetzt machen? Kommst du zurück ins Team und spielst mit uns Fußball?"

„Nein."

Sie machte ein langes Gesicht. „Warum nicht?"

„Wie ich bereits sagte, es ist kompliziert."

„Du stehst immer noch auf Tony, hab' ich recht? M&M werden nie wirklich auseinander gehen."

In diesem Moment bereute ich, mit Susan Miller—Quasseltante der Grover Beach High—in die Stadt gekommen zu sein. Wenn sie nicht auf ihre ganz eigene, neugierige Art so lieb wäre, wäre ich bereits zur Tür raus und nach Hause gelaufen.

„Ich find's cool, dass du Tony vergeben hast. Cloesetta Summers war sowieso ein bescheuerter Fehltritt."

„Cloesetta?" Ich prustete los.

„Die Mädchen im Team nennen sie so, weil sie es schafft, jeden Jungen in ihren Schrank zu zerren und dort mit ihm rumzumachen. Ich denke, der Name passt zu ihr.“

Das fand ich auch. Wie dem auch sei, ich konnte nicht fassen, wie viel Susan über mich wusste. Und mit ihr das ganze Team, wie es schien.

Vielleicht war es an der Zeit, ein paar Dinge geradezurücken. „Ich denke nicht, dass es zwischen Tony und mir je wieder so sein wird, wie früher… bevor *Cloesetta* ihn in ihre Finger bekam.“

Susan rümpfte ihre Nase und verzog den Mund. „Schade. Du und Tony, ihr wart sowas wie die einzige Konstante in der Welt, in der wir aufwuchsen.“

Es war wirklich schade. Doch ich konnte nicht zulassen, dass unser Gesprächsthema diese Richtung einschlug. Ich tat es mit einem Achselzucken ab und zog Susan zur Kasse. Wir reihten uns in die Schlange und warteten, um für unsere paar Hefte und Füller zu bezahlen. Doch es dauerte nicht lange, bis mich die Neugier überkam.

„Wie kommen denn Tony und Hunter beim Training miteinander aus? Letztes Mal, als ich die beiden sah, hatte einer eine blutige Nase.“

„Es ist beinahe schon unheimlich. Entweder schreien sie sich an oder sie reden überhaupt nicht miteinander. Wer sie heute sieht, würde niemals denken, dass sie vor nicht allzu langer Zeit *so* miteinander waren." Sie hakte ihre Zeigefinger ineinander für den richtigen Nachdruck.

Auf seltsame Weise tat es weh, das zu hören. Ich wusste, wie sehr Tony zu Hunter aufschaute. Ihre Freundschaft reichte weit zurück. Der Gedanke, dass ich einen Keil zwischen die beiden getrieben hatte, plagte mich furchtbar. Erst als mir diese Tatsache richtig bewusst wurde, merkte ich, dass ich Tony bereits vergeben hatte.

Vor ein paar Wochen war er ein richtiger Arsch. Doch er war mein ganzes Leben lang mein bester Freund gewesen. Vielleicht war es an der Zeit, ihn zu besuchen. Ich musste ein paar Dinge zwischen uns klären und eine alte Freundschaft retten, falls das noch möglich war.

Susan und ich verabschiedeten uns vor meinem Haus, doch anstatt in mein Zimmer zurückzukehren, warf ich die Einkaufstüte nur schnell auf die Kommode im Flur und zischte wieder zur Tür raus.

Ich hatte nur ein Top mit Spaghettiträgern an und die warme Abendbrise umspielte meine nackten Oberarme, als ich zu Tonys Haus rüber stapfte. Ich hatte ihn so lange nicht gesehen. In diesem Moment schlug mein Herz ein kleines bisschen schneller.

KAPITEL 14

EILEEN MITCHELL ÖFFNETE die Tür.

„Hi Mrs. Mitchell. Ist Tony zu Hause?"

Ihre Freude, als sie mich sah, wurde zu einem enttäuschten Blick. „Tut mir leid, Liebes, aber du hast ihn gerade verpasst."

Großartig. Wenn das mal nicht mein Glückstag war. „Sie wissen nicht zufällig, wie lange er wegbleibt?"

Eileen schüttelte den Kopf. „Soll ich ihn zu dir schicken, wenn er zurückkommt?"

Sollte sie? Ich seufzte. „Nicht nötig. Ich werde ihn einfach anrufen."

Sie lächelte mir zu und nickte. Dann schloss sie die Tür und ich schleppte mich enttäuscht von ihrem Rasen. Ich holte mein Handy aus meiner Hosentasche, aber irgendwie wollte ich nicht am Telefon mit Tony reden. Stattdessen schickte ich ihm eine Nachricht.

WO BIST DU?

GROUND ZERO waren die zwei Worte, die er zurückschrieb. Und ich hatte es noch nicht einmal bis zu unserer Haustür geschafft. Meine Laune wurde schlagartig besser.

Ich holte mein Fahrrad aus dem Schuppen und fuhr zu dem kleinen See im Wald, wo Tony und ich viele aufregende Nachmittage verbracht hatten. Es war nicht wirklich ein See, vielmehr ein kleiner schlammiger Tümpel. Wir nannten diesen Ort Ground Zero, weil Tony dort vor etwa zehn Jahren eine seltsame Box mit sechs Metallkugeln darin gefunden hatte. Er versicherte mir, die Kugeln wären aus Trilithium, der einzig bekannten Antriebsquelle für Raumschiffe.

Eine ganze Woche warteten wir auf die Rückkehr der Aliens. Damals hatten wir noch keine Ahnung von Boccia, der italienischen Art des Bowlings.

Ich erspähte Tony schon von weitem. Er saß auf dem alten Baumstamm, der etwa die Länge einer Parkbank hatte. Ich lehnte mein Fahrrad gegen einen nahen Baum und setzte mich neben ihn. Keiner von uns sagte ein Wort.

Wir blickten gemeinsam für lange Zeit auf den Teich hinaus. In diesem Moment spürten wir vermutlich beide, dass ich Tony verziehen hatte. Als ein entspanntes Froschkonzert den Abend zu einer romantischen Nacht werden ließ, legte ich meinen Kopf auf seine Schulter. Ich stieß einen langen Seufzer aus. Es fühlte sich an, als wäre dieser seit jener Nacht ständig in meiner Kehle festgesteckt und ich konnte ihn nun endlich loslassen.

Tony legte seinen Arm um meine Schultern und drückte seine Wange an meine Stirn. Es war wieder so, wie all die vielen Male zuvor, die er mich gehalten hatte. Ich war glücklich und fühlte mich sicher. Nur dieses Mal war da kein Kribbeln in meinem Bauch. Keine Schmetterlinge. Kein erwartungsvolles Herzklopfen. Gerade so, als wäre all die Verliebtheit und Schwärmerei der vergangenen dreizehn Jahre aus mir gewichen.

Ich vermisste dieses Gefühl auf der einen Seite, auf der anderen aber auch wieder nicht. Mir wurde klar, warum es verschwunden war. Er hatte mich auf einer tiefen, irreparablen Ebene verletzt. Aber irgendwie war sogar das okay. Wir wurden erwachsen. Die Dinge änderten sich. Und das konnte ich ihm kaum zum Vorwurf machen.

„Ich war ein Volltrottel“, sagte Tony irgendwann ruhig. „Es tut mir leid. Ich wollte dir den Sommer damit nicht verderben.“

Ich ließ die Entschuldigung für ein paar Minuten in der Luft hängen. Schließlich befreite ich mich aus seiner Umarmung, drehte mich zu ihm und hob meine Beine auf den Baumstamm. Ich schlang meine Arme um sie und stützte mein Kinn auf meine Knie.

„Warum hat es mit uns nie funktioniert?“ fragte ich ihn. „Ich habe im Leben mehr Zeit mit dir als mit irgendjemand sonst verbracht. Wir hielten uns in den Armen, wir spielten miteinander, wir redeten. Wir haben alles zusammen gemacht. Warum haben wir uns dann nie geküsst?“

Unfassbar. Man konnte glauben, ich hätte eine halbe Schüssel Erdbeerbowle ganz allein getrunken, so ungeniert, wie ich die Dinge hier beim Namen nannte. Ich wurde nicht einmal rot dabei.

Tony kratze sich im Nacken und grinste unbehaglich. „Keine Ahnung. Vielleicht war es für uns einfach schon zu normal, gemeinsam abzuhängen.“ Er leckte sich über die Lippen. Dann schwang er ein Bein über den Baumstamm. Er fasste meine Knöchel mit beiden Händen. „Zumindest war es das für mich. Du warst einfach ein fixer Bestandteil meines Lebens. Deine Schwärmerei für mich schien so unerschütterlich. Warum hätte ich mir je darum Sorgen machen sollen, dass ich dich vielleicht verlieren könnte?“

Weil ich zufällig in Ryan Hunter lief, während du mit jemand anderem beschäftigt warst. „Ja… warum solltest du?“

„Das Schreckliche daran ist, ich hätte nie gedacht, dass es so sehr weh tun würde, dich mit einem anderen Jungen zu sehen. Ich habe diese Lektion auf die harte Tour gelernt.“

„Du weißt, dass ich immer gehofft hatte, du wärst der erste für mich.“ Und der letzte auch, ganz nebenbei bemerkt. Die Tatsache, dass ich ihm dies alles nun sagen konnte, erschreckte mich. Ich fragte mich, wie weit ich mich wirklich von ihm entfernt hatte.

„Der Zug ist ja nun abgefahren.“ Tony neigte seinen Kopf und setzte dieses typisch schuldbewusste Grinsen auf.

Wenn schon für nichts anderes mehr, dann liebte ich ihn immer noch dafür. Sein Griff um meine Knöchel wurde fester. Er spreizte meine Beine leicht auseinander, rutschte weiter nach vorn und legte sie über seine Schenkel. Wir saßen auf einmal in einer sehr ungewöhnlichen, sehr *intimen* Stellung. Sein Gesicht war so nahe, ich konnte die Wimpern an seinen Augen zählen.

Mir wurde klar, dass er mich in einer Sekunde küssen würde. Plötzlich musste ich lachen. „Du tust das jetzt nicht wirklich, oder?"

„Wieso nicht?" Ein Schatten seines Grinsens hing noch immer auf seinen Lippen. „Ich denke, um der vielen Male Willen, die ich dir den größeren Teil meiner Decke überlassen habe, wenn du in meinem Bett eingeschlafen bist, sollten wir es zumindest einmal versuchen."

Ich wusste nicht, was ich darauf antworten sollte. Also sagte ich gar nichts. Und dann überwand Tony die letzten Zentimeter, die noch zwischen uns waren, und küsste mich. Langsam. Liebevoll. So, wie ich es mir immer gewünscht hatte. Er schmeckte wunderbar. Warm, süß, natürlich… Genauso hatte ich es mir vorgestellt. Seine Hände lagen auf meinen und er streichelte sie sanft.

Als ich mich zurücklehnte, fixierte er mich mit seinen warmen, blauen Augen. Niedliche Grübchen traten auf seinen

Wangen zum Vorschein. „Wir werden das wohl nicht wiederholen, nicht wahr?"

Ein Seufzen entwich mir. „Warum glaubst du?"

Er streichelte mit seinen Fingern mein Kinn entlang. „Weil ein Kuss von mir offensichtlich nicht ausreicht, um dich so zum Zittern zu bringen, wie ein einziger Blick von Ryan Hunter."

Ich musste lachen. Und dieses Mal spürte ich, wie meine Wangen warm wurden. Oh ja, nur an Ryan zu denken, löste das bei mir aus. Tony rutsche ein Stück zurück und ich nahm wieder meine ursprüngliche Position ein. Ich legte meine Wange auf meine aufgestellten Knie und beobachtete den vanillefarbenen Mond, wie er über die üppigen Baumkronen stieg. Neben mir zog Tony sein Handy aus der Tasche und drückte ein paar Tasten.

„Wem schreibst du?"

„Einem Freund." Als er fertig war, steckte er das Telefon zurück in die Hosentasche.

Minutenlang betrachteten wir gemeinsam den Nachthimmel. Obwohl wir entspannt waren, kam mir die Situation seltsam vor. Und ihm wohl ebenso. Keiner wusste, was er sagen sollte. Das kam nicht recht oft vor zwischen uns.

Ich war erleichtert, als er schließlich seinen Blick senkte und sagte: „Einige aus dem Team wollen dieses Wochenende ins Kino gehen. Kommst du mit?"

Ich fragte mich, wer mit *einige aus dem Team* gemeint war. Von Susan wusste ich, dass Tony nicht mehr mit Cloey redete. Aber wenn sie bei der Gruppe war, würden mich keine zehn Pferde dazu bringen mitzugehen."

„Mal sehen. Wer kommt denn sonst noch?"

„Andy, Sasha, Alex. Er ist jetzt übrigens mit Simone zusammen. Frederickson ist dabei, falls er nicht wieder auf seinen kleinen Bruder aufpassen muss. Ach ja, und dann kommt natürlich auch… er." Tony nickte in die Richtung hinter mir.

Ich riss den Kopf herum und hatte plötzlich das Gefühl, als ob eintausend Volt durch meinen Körper jagten. Ryan Hunter spazierte den Weg entlang auf uns zu. Seine Hände hatte er in die Hosentaschen geschoben, die Ärmel seines schwarzen Hemds waren bis zu den Ellenbogen nach oben gerollt. Mein Mund stand offen und mein Herz klopfte so laut, dass ich befürchtete, jemand könnte es hören.

Ryan zog einen Mundwinkel nach oben. „Störe ich?“

„Gar nicht. Ich wollte gerade los.“

Wie bitte, was? Mein Blick sauste zu Tony, der bereits aufgestanden war.

„Was hast du getan?“, flüsterte ich ihm panisch zu. Jetzt erst begriff ich, wem er vor einigen Minuten diese Nachricht gesandt hatte.

Tony beugte sich runter zu meinem Ohr. „Ich bin dabei, ein paar beschissene Fehler wieder gutzumachen.“ Als er sich wieder aufrichtete, zwinkerte er mir zu. „Ich seh' dich später.“

Oh, ich hätte ihn mit meinen bloßen Händen erwürgen sollen. Nur dass ich unter Schock stand und mich nicht bewegen konnte. Nicht einmal, als Tony schon weg war und Ryan Hunter sich hinter mir auf den Baumstamm niederließ. Ich saß plötzlich zwischen seinen gespreizten Beinen und er schlang von hinten seine Arme um meine Taille.

Sein Atem kitzelte wie Federn in meinem Nacken. Ich spürte jeden seiner harten

Muskeln, wie sie gegen meinen Rücken pressten.

„Was passiert ist, tut mir leid“, sagte er sanft. „Ich hatte niemals vor, dich zu verletzen. Und ganz sicher hatte ich keine üblen Absichten. Das schwöre ich.“

„Ja, ich denke, das weiß ich bereits. Susan hat mir heute einige interessante Dinge erzählt.“

„Hat sie das?“ Es war nicht zu überhören, dass ihm dabei ein wenig unbehaglich wurde. Trotzdem hörte er sich auch erleichtert an. „Also… was machen wir jetzt aus dieser Situation?“

„Welche Situation meinst du?“ Ich schluckte, um den trockenen Klos in meinem Hals hinunterzuwürgen.

„Ich meine dich… mich…“ Plötzlich strichen seine Lippen über meine entblößte Schulter und wanderten in Richtung meines Nackens. „Hier draußen…“ Als seine Zunge langsam meinen Hals hinauf glitt, stellten sich die kleinen Härchen meines Nackens auf. „Ganz allein…“ Er drückte seine Lippen sanft auf die empfindliche Stelle hinter meinem Ohr.

Mir stockte der Atem. Im Geiste suchte ich nach einer Möglichkeit, um dieser

Situation zu entfliehen. Aber es gab keine. Und selbst wenn, Ryan hätte mich nicht gehenlassen. Seine

Hand wanderte zu meiner Wange hoch und er neigte meinen Kopf so, dass ich in seine dunklen Tigeraugen blickte. „Was sagst du, Matthews? Sollen wir es miteinander versuchen?"

In seinem Gesicht suchte ich nach dem leisesten Zweifel an seiner Aufrichtigkeit. Nur eine klitzekleine Lüge. Aber da war nichts. Er meinte es ernst.

Zaghaft schlich sich ein Lächeln in mein Gesicht. „Nur, wenn du endlich anfängst, mich bei meinem Vornamen zu nennen, *Hunter.*"

Er lachte. Sanft. Lieblich. Es hörte sich wunderschön an. Seine Nasenspitze streichelte über meine Wange. Dann drückte er seine Lippen zart auf meine. Ein Vulkan brach in mir aus und setzte Tausende Schmetterlinge frei, die wie verrückt in meinem Bauch herumflatterten. Aber er küsste mich nicht. Noch nicht. Stattdessen lehnte er sich etwas zurück. Seine Augen funkelten. „Wo wir gerade dabei sind, *Liza*… ich habe ebenfalls eine Bedingung."

Ach so? „Und die wäre?"

„In nächster Zeit—" Er betonte jedes einzelne Wort. „Bin ich der einzige, der durch dein Fenster klettert."

Damit brachte er mich zum Lachen. „Ich denke, das kann ich akzeptieren."

„Du *denkst?*" Ryan biss mich sanft in die Unterlippe.

Bei dem leichten, verspielten Schmerz, gab ich mich geschlagen. „Du hast gewonnen. *Du* bist der einzige."

Er strich mir zärtlich übers Haar und hielt mich fest an sich gedrückt. „Mmh, Baby, das klingt schon viel besser."

Langsam neigte er den Kopf, bis wir uns so nah waren, dass ich seinen warmen Atem auf meinen Lippen spüren konnte, wie ein leises Flüstern. Ich schloss die Augen, fühlte seine Wärme, die mich zärtlich umschloss, und dann küsste er mich.

Mein Herz sprang beinahe aus meiner Brust. Eine Hitze, wie ich sie noch nie zuvor empfunden hatte, durchströmte mich. Er verführte mich sanft und zärtlich. Seine Zunge glitt über meine Lippen, als er Einlass forderte. Ich schmolz in seinen Armen dahin und versank in dem Spiel, das er soeben begonnen hatte.

EPILOG

RYAN SCHLOSS DIE Haustür zu dem Bungalow seiner Eltern und versteckte den Schlüssel wieder unter der buschigen Topfpflanze, draußen auf der Veranda. Die salzige Brise, die vom Meer her wehte, schaffte es nicht, mich abzukühlen.

Er drehte sich zu mir und hakte die Finger in die Gürtelschlaufen meiner Shorts. „Komm her, du scharfes Ding."

Himmel! Ich liebte sein gefährliches Lächeln. Viel zu sehr, musste ich feststellen.

Langsam öffnete er den obersten Knopf meiner Bluse.

„Was wird denn das?" Ich umschloss seine Handgelenke. „Wir sind gerade erst aus deinem Zimmer gekommen. Ich denke, da sind bereits genug Knutschflecke auf meinem Körper. Das sollte doch für die nächsten ein, zwei Tage reichen." Er war wie ein Wolf, der seine Gefährtin mit kleinen Bissen markierte. Aber irgendwie gefiel mir das. Genauso, wie es mir gefiel, dass er mich gerade gegen die

Wand drückte und mir die rote Bluse von den Schultern streifte.

„Es ist heiß heute", flüsterte er mir ins Ohr. „Und du siehst einfach umwerfend in diesem Bikini aus. Ich kann leider nicht zulassen, dass du das vor mir versteckst." Er knabberte sanft an meinem Hals.

Ich bekam eine Gänsehaut. „Wenn du nicht gleich damit aufhörst, kommen wir noch zu spät ins Kino."

„Was kümmert mich ein dämlicher Film, wenn ich stattdessen meine hinreißende Freundin ganz für mich alleine haben kann?"

„Tony und die anderen warten auf uns."

Ryans mürrisches Knurren kam nicht ganz unerwartet. Ich wusste, dass er den Namen Tony zurzeit nicht allzu gerne hörte. Aber das war meine einzige Chance, um einer weiteren Stunde knutschen mit Ryan Hunter aus dem Weg zu gehen.

Ich musste vollkommen verrückt sein, um einen dämlichen Film dem vorzuziehen.

Ich verzog das Gesicht, als Ryan aufhörte, meinen Nacken zu küssen. Er blickte kurz auf die Uhr. „Wir haben noch über eine Stunde Zeit."

„Ich will noch duschen, bevor wir ausgehen."

„Na schön. Aber die hier—" Er zog mir die Bluse nun ganz aus. „Gehört jetzt mir." Er drückte mir einen letzten, feurigen Kuss auf den Mund. Dann nahm er mich an der Hand und zog mich die Stufen zum Strand hinunter.

Ich mochte die Art, wie er die letzten beiden Tage seine Finger nicht von mir lassen konnte. Ständig hielt er meine Hand oder drückte mich an sich. Er ließ mich nie aus den Augen. Offensichtlich war Ryan ein wenig besitzergreifend und er machte auch keinen Hehl daraus. Ich konnte nicht aufhören, deswegen zu grinsen.

Er stopfte meine Bluse in die hintere Hosentasche. Sie hing neckisch heraus, als er sich bückte und die Hosenbeine bis unter die Knie nach oben rollte. Bei diesem aufreizenden Anblick kam ich beinahe ins Schwitzen.

Ryan richtete sich auf und ich blickte schnell zur Seite. Er sah mich durch schmale Augen an. Sein Grinsen zeigte, dass er meine hochrote Gesichtsfarbe bemerkt hatte.

„Was ist los, Matthews? Gefällt dir etwa mein Hintern?"

Ich biss mir auf die Unterlippe. Zuerst wollte ich es abstreiten, doch dann dachte ich, warum eigentlich? Mir gefiel alles an ihm.

Ganz besonders seine funkelnden Tigeraugen und sein süßes, verschlagenes Lächeln. „Ja. Dein Hintern und noch ein paar andere Dinge."

„Ach so? Und welche wären das?"

Ich provozierte ihn, indem ich nicht antwortete. Auch deswegen, weil er wieder einmal meinen Nachnamen benutzt hatte. „Waren wir uns nicht einig, dass du mich von nun an beim Vornamen nennst?"

Er zog die Augenbrauen hoch. Es wirkte unschuldig genug. „Tatsächlich?"

„Ich denke, es war eine der Bedingungen, ja."

„Ah, Bedingungen." Er lachte. „Ich hätte dich lieber schwören lassen sollen, dass du in meiner Gegenwart nie etwas anderes anhast, als dieses Bikini-Oberteil."

„Das wäre wohl keine so gute Idee. Besonders nicht, wenn wir bei dir sind. Ich habe da drinnen gerade Blut und Wasser geschwitzt." Ich nickte über meine Schulter in Richtung Strandhaus.

Die einzige Chance, die er hatte, mich dahinein zu bekommen, lag darin, die gesamte Zeit über sein Fenster offen zu lassen. So hätte ich wenigstens abhauen können, falls jemand zur Vordertür reingekommen wäre.

Ryan streifte eine Haarsträhne hinter mein Ohr. „Oh, immer noch so ängstlich?“

Ja genau. Und wenn er nicht so dämlich grinsen würde, hätte ich ihm sein Mitleid auch abgekauft. Ich schob seine Hand weg. „Das ist nur deine Schuld. Du hast mich damals zu Tode erschreckt, als deine Mutter plötzlich reinkam.“

„Ja, ich weiß. Ich konnte deinen Herzschlag spüren, als wir auf dem Boden hinter der Couch lagen. Es fühlte sich an, als würde dein Herz jeden Moment aus deiner Brust springen.“ Er machte eine kurze Pause. „Oder warst du nur so aufgeregt, weil du in meinen Armen gelegen hast?“

Ich zeigte ihm die Zunge. „Das wirst du nie herausfinden.“

Ryan legte seinen Arm um mich und wir spazierten den Strand entlang zurück zu seinem Auto.

„Weißt du was?“, murmelte er nur einen Moment später. Seine Stimme klang ernster als zuvor. „Ich habe heute Morgen deine Eltern kennengelernt. Jetzt wird es Zeit für dich, auch meine zu treffen.“

Mir wich die Farbe aus dem Gesicht. „Jetzt gleich?“

„Wir haben noch genug Zeit, bis der Film anfängt. Sie sollten im Moment beide zu Hause sein. Wir könnten kurz reinschauen, bevor wir die anderen treffen.“

Mein Herz klopfte unruhig. „Aber du hast gesagt, sie wissen noch gar nichts von mir.“

„Na und? Du hast deinen Eltern auch nichts von mir erzählt, bevor du mich heute in eure Küche gezerrt hast, um Hallo zu sagen.“

Er hatte recht. Das war ziemlich hinterhältig von mir. „Aber du bist immer so cool. Solche Dinge bereiten dir keine Probleme.“

„Und meine Eltern zu treffen wäre ein Problem für dich?“

„Ich weiß ja noch nicht mal ihre Namen.“

Er belächelte mich. „Sie heißen Mom und Dad.“

„Is’ nicht wahr!“ Ich verdrehte die Augen. „So ein Zufall. Meine Eltern heißen genauso.“

„Das sind wohl weitverbreitete Namen.“ Seine Hand glitt an meinem Arm hinab. Er legte sie auf meine Taille und zog mich dichter an sich.

Wie üblich, brachte seine Hand auf meiner nackten Haut, einen Vulkan voller

Schmetterlinge in meinem Bauch zu Ausbruch.

„Aber vielleicht sollten wir wirklich noch warten“, sagte er. „Sie würden uns mit Sicherheit nicht so schnell weglassen, und dann kommen wir zu spät ins Kino.“

Ich atmete erleichtert durch.

Ryan fischte sein Handy aus der Brusttasche seines Hemds.

„Wen rufst du an?“, wollte ich wissen.

Er legte einen Finger auf seine Lippen und hielt das Telefon an sein Ohr. „Mom? Hi. Ich wollte nur sagen, dass wir morgen Abend einen Gast zum Essen haben.“

Meine Kinnlade knallte auf meine Brust.

„Ja, eine Freundin“, fuhr er fort. „Ach, und könntest du bitte auch Rach und Phil einladen?“

Was um alles in der Welt hatte er vor? Er wollte doch nicht wirklich den gesamten Hunter-Clan zusammentrommeln, um mich vorzustellen? Am liebsten hätte ich ihm das Handy aus der Hand gerissen und in die Wellen geworfen.

Ryan horchte kurz, dann lachte er und drehte sich von mir weg. „Nein, Mom. Wenn es das wäre, würde ich es dir bestimmt nicht übers Telefon sagen." Er verabschiedete sich von ihr und legte auf.

Sanft schob er seinen Fingerknöchel unter mein Kinn und schloss meinen Mund. „Wir haben morgen Abend ein Date."

„Ja, das habe ich gehört. Also hast du vor, mich der Runde wie ein Steak zum Fraß vorzuwerfen?"

„Keine Panik. Ich werde den ganzen Abend nicht von deiner Seite weichen und dich beschützen. Niemand wird dich fressen." Er beugte sich runter und biss mir zärtlich ins Ohr. „Außer mir natürlich."

Ich machte ein weinerliches Gesicht, voller Angst vor dem kommenden Dinner mit seiner Familie. „Wenn du mich auch nur ein bisschen liebst, würdest du mir das nicht antun."

„Ich liebe dich sogar zwei bisschen, und genau aus diesem Grund musst du da durch. Und jetzt mach dir keine Sorgen. Es kann unmöglich schlimmer sein, als der Moment, wo dein Vater mich fragte, ob ich wüsste, wie man ein Kondom benutzt."

Ich schrak zurück. „Das hat er getan?"

„Na ja, nicht wirklich. Er hat etwas Ähnliches zu deiner Mutter gesagt, als wir aus dem Zimmer gingen. Hast du sein besorgtes Flüstern nicht mehr gehört?“

Hatte ich nicht. „Ach du meine Güte. Das ist ja so peinlich.“

„Beruhige dich. Deine Eltern sind großartig. Und die Blaubeermuffins deiner Mutter schmecken unglaublich.“ Er drückte mir einen Kuss auf die Stirn, nahm meine Hand und zog mich weiter. „Aber wenn du willst, kannst du deinem Vater ausrichten, ich weiß, wie ich verhindere, dass du schwanger wirst.“

Ich würde eher einen Tunnel von hier nach China graben und darin verschwinden.

Wir stapften durch den Sand, rauf zur Straße, wo er seinen Wagen geparkt hatte. „Kann ich jetzt meine Bluse wiederhaben, oder soll ich halb nackt in deinem Auto sitzen?“

Seine Augen funkelten hell. „Du meinst, ich habe die Wahl?“

„Nein!“ Lachend griff ich hinter ihm nach meiner Bluse. Aber sie war nicht da. „Wo ist sie?“

Ryan sah mich verwundert an. Dann drehten wir uns um und blickten in die Richtung aus der wir gekommen waren. Die gute Nachricht war, wir fanden meine knallrote Bluse etwa fünfzig Meter weiter hinten. Die schlechte Nachricht… eine Welle hatte sie erfasst und schwemmte sie gerade den Strand rauf und runter.

Ich sprintete rüber und hob sie auf. Der Fetzen war völlig durchweicht und sandig. So konnte ich sie nicht mehr anziehen.

„Fantastisch", murmelte ich und hielt das Teil gegen die spottende Sonne.

„Das ist ja kein Weltuntergang." Ryan kam lachend auf mich zu und knöpfte dabei sein Hemd auf. „Du kannst meines anziehen, bis wir zu Hause sind."

Er hielt es mir entgegen, doch ich konnte nur auf seinen nackten Oberkörper starren.

Da zog er die rechte Augenbraue hoch. „Na gut. Wenn du es nicht willst…"

Ich riss ihm das Hemd aus der Hand. Die kurzen Ärmel reichten mir immer noch bis zu den Ellenbogen. Das weiß-blau karierte Material fühlte sich warm an auf meiner Haut. Es roch nach Ryan. Ich konnte nicht widerstehen und nahm einen tiefen Atemzug. Das Hemd war mir viel zu lang. Meine Shorts verschwanden komplett darunter.

Als ich es zuknöpfte, schimmerte ein Hauch von Abenteuerlust in Ryans Augen. Er kam näher, schlang die Arme um mich und strich mit seinen Lippen über mein Ohr. „Meine Sachen stehen dir." Er legte mir die Hand auf die Wange und neigte meinen Kopf so, dass ich ihm in die Augen blickte. „Du bist viel zu sexy, als gut für dich ist, Matthews."

Zärtlich drückte er seine Lippen auf meine und küsste mich intensiv. Ich stellte mich auf die Zehenspitzen, doch er war immer noch viel größer als ich. Mit meinen Händen flach auf seiner Brust, zog er mich fest an sich. Ich fühlte jeden Muskel unter seiner Haut. Oh Junge, ich konnte nicht genug von ihm bekommen. Alles, was er tun musste, war verspielt an meiner Unterlippe zu knabbern und schon war ich bereit, mich ihm voll und ganz hinzugeben. Der Rest der Welt verblasste um mich herum.

Als Ryan sich zurückzog, wurde ich nur noch hungriger nach ihm. Ich schob meine Finger in sein Haar und hielt ihn fest. Ich würde nicht zulassen, dass er aufhörte, mich zu küssen. Noch nicht. Für einen sinnlichen Moment, spielt seine Zunge mit meiner.

Doch dann lehnte er sich zurück. „Du weißt, dass wir dich nach Hause schaffen müssen, damit du dich umziehen kannst. Und wenn ich mich recht erinnere, müssen wir auch noch einen Film ansehen."

Ich streichelte sanft über seine stoppelige Wange. „Was kümmert mich ein dämlicher Film, wenn ich stattdessen meinen unwiderstehlichen Freund ganz für mich allein haben kann?"

Er legte den Kopf zurück und lachte laut. „Ja, genau. Und hinterher muss ich dafür büßen, dass wir meinetwegen zu spät gekommen sind. Oh nein, Matthews. Du schwingst jetzt gefälligst deinen Hintern ins Auto."

Ich machte einen Schmollmund, protestierte aber nicht weiter, als er mich in Richtung Straße hinter sich herzog. In Wahrheit wollte ich den Film unbedingt sehen, denn Tony würde auch kommen und ich hatte ihn nicht mehr gesehen, seit er mich mit Ryan im Wald alleine gelassen hatte. Ich musste endlich wissen, ob zwischen uns alles wieder beim Alten war.

Wir zogen unsere Schuhe an, die in Ryans Auto lagen, dann fuhr er zu mir nach Hause. Ich huschte als erstes durch die Eingangstür. Da er gerade kein Shirt an hatte, hoffte ich, ich könnte ihn an der Küche vorbeischmuggeln, ohne dass ihn jemand sah.

Die Küche war leer. Sehr gut. Doch als wir zur Treppe schlichen, kam gerade mein

Vater aus dem Wohnzimmer und blieb wie angewurzelt in der Tür stehen. Sein Blick wurde bitterernst und konzentrierte sich auf Ryan.

Bevor er ein Wort sagen konnte, hielt Ryan erschrocken mein schmutziges Oberteil hoch. „Nasse Bluse. Sie brauchte was zum Anziehen."

Hinter meinem Dad tauchte nun auch meine Mom auf. Sie streichelte besänftigend seinen Arm auf und ab. „Ich habe dir doch gesagt, dass er ein netter Junge ist, Schatz." Sie zwinkerte mir zu und lächelte in Ryans Richtung.

Ich spürte den Rausch von Sieg in mir aufsteigen. Meine Mutter liebte meinen Freund und sie würde schon dafür sorgen, dass sich mein Vater in seiner Gegenwart ebenfalls entspannte.

„Danke", flüsterte ich ihr zu. Dann zog ich Ryan hinter mir die Stufen hoch zu meinem Zimmer.

Ich hetzte in die Dusche und schlüpfte danach in ein Sweatshirt mit Mickey Maus vorne drauf. Zu schade. Ryan hatte in der Zwischenzeit sein Hemd wieder angezogen. Aber ich hatte ihn heute schon lange genug angestarrt und außerdem wurde es spät. Wir mussten uns beeilen, um die anderen noch vor dem Film zu treffen.

Vor dem Kino erblickte ich Frederickson, der sich gerade mit Alex und Simone unterhielt. Andy und Sasha standen in der Schlange vor dem Schalter. Ryan ging zu ihnen und ließ mich bei den anderen zurück.

„Hi.“ Ich winkte in die Runde.

Simone strahlte mich an. Ihre Hand lag fest in der von Alex. Die beiden waren ein süßes Paar.

Als ich Tony nirgendwo sah, wurde ich ein wenig nervös. Hoffentlich hatte er nicht in letzter Sekunde seine Meinung geändert.

„Wo ist Tony. Wollte er nicht kommen?“

„Äh... doch.“ Simones amüsierter Blick wanderte zu einem Punkt über meiner Schulter.

„Suchst du jemanden, Liz?“

Ich spürte Tonys Atem in meinem Haar.

Mit einem breiten Grinsen drehte ich mich um. „Ich habe ihn gerade gefunden.“

Für einen kurzen Moment fühlte ich den Drang ihn zu umarmen. Doch ich wehrte mich dagegen und schob meine Hände in die Hosentaschen. „Es ist schön, dich zu sehen“, sagte ich so leise, dass nur er es hören konnte.

Er lächelte. Seine blauen Augen blitzten auf diese typische Art, wie ich es von ihm gewohnt war. „Du siehst toll aus. *Glücklich.*"

Ich nickte nur und nahm sein Kompliment an. Es tat gut zu wissen, dass zwischen uns immer noch alles war, wie früher. Unkompliziert.

Finger schlüpften von hinten unter den Bund meiner Jeans. Ich wurde einen kleinen Schritt zurückgezogen. Ryan betrachtete mich mit Skepsis. Ich nahm seine Hand und drückte sie. Ein Lächeln ersetzte seinen zweifelnden Blick.

Er gab Tony einen Ghetto-Handschlag. „Hey Mitchell. Alles cool zwischen uns?"

„Sicher", antwortete Tony.

Ich seufzte erleichtert auf. Das würde ein perfekter Abend werden. Jeder war entspannt. Alles war in Ordnung. Was könnte ich mir mehr wünschen?

Als unsere kleine Gruppe sich in Richtung Eingang bewegte, hielt mich Ryan einen Moment zurück. Ich blickte hoch zu ihm. „Was ist los?"

„Was hat Mitchell zu dir gesagt?" Er sah weder verärgert noch besorgt aus. Nur neugierig.

„Er hat mich gefragt, ob ich glücklich sei.“

Ryan wartete einen Augenblick und lehnte seine Stirn gegen meine. „Und… bist du?“

Es war wundervoll, wie leicht ich mich in seinen dunklen Tigeraugen verlieren konnte. Ich küsste ihn sanft auf die Wange und flüsterte ihm ins Ohr: „Oh ja. Absolut.“

Werfen Sie einen ersten Blick in das Gegenstück zu *Play With Me* und erleben Sie die Geschichte noch einmal aus Ryans Sicht mit vielen zusätzlichen Szenen.

Kapitel 1

ICH WAR SCHON mit mehr als genug Mädchen in der High School zusammen gewesen, das war mit Sicherheit kein Geheimnis. Doch verliebt war ich noch nie. Na ja, zumindest nicht in eines der Mädchen, mit denen ich bisher ausgegangen war.

Und dennoch gab es da … *sie*. Gerade stieg sie aus Mitchells Auto, warf ihr langes, braunes Haar über die Schulter zurück und streifte sich das rosa T-Shirt glatt, das hauteng an ihr klebte und all die wirklich guten Stellen betonte. Die grelle Morgensonne blendete sie, so dass sie ihre Augen zusammen kniff und ihre Mundwinkel etwas nach oben wanderten, was ihrem süßen Lächeln ziemlich nahe kam. Und wie jedes Mal, wenn mein Blick an Liza Matthews hängenblieb, stand die Welt für einen Augenblick lang still.

Liza sah nicht zu mir rüber. Das tat sie nie. Und warum sollte sie auch? Ihr Universum rotierte einzig und allein um meinen Mannschaftskameraden, Tony Mitchell. Schon seit ich ihn kannte, kam er immer im Doppelpack. Manche Schüler bezeichneten die beiden einfach nur M&M. Ich hasste diesen Ausdruck. Hasste, wie Liza sich gerade auf die Zehenspitzen stellte und ihre Arme um Mitchells Hals schlang. Hasste, wie—

Verfluchter Mist! Wollte sie ihn etwa küssen? Jede Muskelfaser meines Körpers verkrampfte sich, als hätte ich auf einen 220 Volt Zaun gefasst. *Herr Gott, Hunter, reiß dich zusammen!* Ich würde mir hier vor meinen Fußballfreunden keine solche Blöße geben und zwang mich locker zu werden. Was mir nicht gelang, sodass ich steif wie ein Bügelbrett da stand und meinen Blick nicht von den beiden losreißen konnte.

Bisher hatten sie sich noch nie geküsst. Liza war total in Tony verknallt und ich war bereit meine *Need for Speed* Kollektion darauf zu verwetten, dass Tony sie auf seine ganz eigene, seltsame Weise ebenfalls liebte. Doch er hatte sie *nie* geküsst. Und das war auch besser so, denn hätte er es getan, hätte mich wohl niemand daran hindern können, seine Nase neu auszurichten.

„Entspann dich, Kumpel. Es ist ja nur ein Kuss auf die Wange."

Ich drehte mich zu Justin um, der sich gerade angeschlichen und mir auf die Schulter geklopft hatte, und ließ diesen nur allzu vertrauten Seufzer los, der mir jedes Mal im Hals stecken blieb, wenn Liza Mitchell zu nahe kam.

„Um Mitchells Willen hoffe ich das. Gerade heute würde ich nur ungern einen guten Freund um die Ecke bringen müssen.“ Ich grinste und gab Justin den Ghettohandschlag, den wir draufhatten, seit wir die Grundschule verlassen hatten und zu den coolen Kids geworden waren, die durch die Korridore der Grover Beach High streiften … niemals etwas Gutes im Sinn.

Justin Andrews spielte nicht für die Bay Sharks, das High School Fußballteam, dessen Kapitän rein zufällig *ich* war. Er spielte mit seinem Leben. Seine Leidenschaft galt seinem BMX-Rad. Was er damit im Stande war anzustellen, war geradezu unglaublich … und nur etwas für Leute mit einem ernstzunehmenden Wunsch zu sterben. Stunts, wie mit seinem Rad von einer Brücke zu springen oder fahrend über einen Lattenzaun zu balancieren, standen für ihn auf der Tagesordnung und brachten ihm nicht selten diverse geprellte Knochen oder ein abgefahrenes blaues Auge ein.

Heute war Justin gekommen, um sich von seinem kleinen Bruder, der nur ein Jahr jünger als wir und Mittelstürmer in meiner Mannschaft war, zu verabschieden. Justin nickte in Lizas Richtung. „Willst du nicht endlich rübergehen und dem Mädchen *auf Wiedersehen* sagen?“

„Wozu sollte das gut sein? Wir haben es ja bisher noch nicht einmal zu einem einfachen *Hallo* geschafft.“

„Jetzt hör mal, wenn sie nach zehn Jahren immer noch kein Paar sind, dann werden sie vermutlich nie eines werden. Es wird langsam Zeit, sie über die anderen Fische im Wasser - die versuchen einen Bissen von ihr abzubekommen - in Kenntnis zu setzen." Justin kratzte sich grübelnd am Kinn. „Wenn du es nicht tust, mach ich's vielleicht. Schließlich seid ihr, du und Mitchell, ja nun für fünf Wochen in diesem Trainingslager und aus der Schusslinie."

Ich schlang meinen Arm kameradschaftlich um seinen Hals, hatte meinen Freund im Schwitzkasten und drückte ein klein wenig fester zu als nötig. Noch etwas länger und mein Kumpel würde blau anlaufen. „Versuchs, Andrews! Aber du weißt, dass nicht einmal das FBI hinterher deine Leiche finden würde."

Ich lachte, als Justin mir den Ellenbogen in die Rippen stieß und ließ ihn los. Wir alberten ein wenig herum und kümmerten uns nicht um die missbilligenden Blicke, die uns einige der Schüler und deren Eltern zuwarfen, bis eine vertraute Stimme meinen Namen rief.

Meine Schwester kam zu uns und verschlang mich in einer Umarmung, aus der es unmöglich war zu entkommen. „Ich muss jetzt los. Phil wartet schon. Pass auf dich auf, kleiner Bruder."

„Mach ich.“ Ich wehrte mich heftig, als sie mich auf die Wange küsste. Zu Hause, wo es keiner sah, war das okay. Aber doch nicht hier, vor all meinen Freunden. „Lass das gefälligst, Rach. Ich dachte Phil wartet auf dich. Küss ihn. Und kümmere dich um Mom und Dad solange ich weg bin.“

„Ich bin sicher, sie sind alt genug um auf sich selbst aufzupassen. Aber ich werde hin und wieder mal zum Abendessen rein schneien, wenn sie sich einsam fühlen und ihr geliebtes Baby vermissen.“ Lachend kniff sie mich in die Wange. Dann bahnte sie sich einen Weg durch die Menge zurück zum Parkplatz des Bahnhofes.

Einige der Kids stiegen bereits in den Zug und winkten ihren Eltern aus den offenen Fenstern. Ich bückte mich, schnappte mir meine Sporttasche und schlenderte anschließend zum Wagon, als mein Blick auf das Letzte fiel, das ich an diesem Morgen sehen wollte. Liza und Mitchell in einer Umarmung, in welcher sie ihren perfekten Körper fest an seinen presste. Er lehnte sich die paar Zentimeter, die er größer war als sie, zu ihr herab und flüsterte ihr etwas ins Ohr, woraufhin sie verführerisch errötete.

„Du meine Güte, du bist wirklich bemitleidenswert.“ Erst als Justin mich weiter vorwärts schob, bemerkte ich, dass ich stehen geblieben war.

Zähneknirschend richtete ich meinem Blick starr auf den sicheren Boden und marschierte zielstrebig an Mitchell und dem Mädchen, von dem ich schon seit der dritten Klasse träumte, vorbei.

„Hey, Hunter!“ rief Tony hinter mir.

Ich sollte so tun, als hätte ich nichts gehört und einfach weitergehen. Ich würde Tony ja sowieso in ein paar Minuten im Zug sehen. Aber der schwächere Teil in mir siegte. Ich drehte mich um und blickte gerade in dem Moment hoch, als Tony mein Mädchen los ließ.

„Hi, Mitchell“, antwortete ich als mein Blick außer Kontrolle geriet und sich verselbständigte … in Richtung Liza. Ich verschlang jeden Quadratzentimeter ihrer sonnengebräunten Haut, den ihre verboten-kurzen Shorts preis gaben. „Und Mitchells Groupie“, fügte ich mit einem gespielt lässigen Grinsen hinzu.

Liza sagte weder *Guten Morgen*, noch *Wie geht's*, oder auch nur *Verpiss dich, Hunter, und sprich nie wieder mit mir* – obwohl Letzteres doch ziemlich offensichtlich in ihren grünen Augen geschrieben stand, die jedes Mal, wenn sie mich sah, diese dämonische Tiefe annahmen. Ich wusste, dass sie nicht zu meinen größten Fans gehörte. Nicht, weil sie mich nicht leiden konnte, sondern weil sie mich persönlich dafür verantwortlich machte, dass ich ihr wertvolle Zeit mit Tony stahl. Mitchell hatte so etwas in der Art angedeutet, als sie mich beinahe angeknurrte hatte, weil ich es gewagt hatte, die Trainingseinheiten zu verdoppeln, um unser Team auf Vordermann zu bringen. Tja, das war eben so.

„Wir sehen uns nachher“, sagte ich zu Mitchell und ging weiter.

„Halte mir einen Platz frei!“

Ohne mich umzudrehen winkte ich über meine Schulter. „Geht klar.“

Mein besonderer Dank geht an …

Meine Eltern, die immer da sind, um mich anzufeuern, ganz egal was ich mache. Meinen Bruder, Daniel, für die Gestaltung dieses absolut wunderschönen Covers, und an Cindy, für ihre Unterstützung und tolle Kritik bei der Übersetzung dieses Buches.

Meine Cousine, Barbara, die leider viel zu weit weg lebt, die aber voller Begeisterung alle meine Bücher immer als erste liest; und Sylvia Zollner, eine liebe Freundin, die den großartigen Einfall mit dem Buchtitel *Teamwechsel* hatte.

Außerdem soll auch meine Oma, Zilli, wissen, wie wichtig sie mir ist und wie dankbar ich ihr bin, dass sie sich rührend um alle kümmert, wenn ich gerade mal nicht kann, weil mich meine Bücher im Schwitzkasten halten.

Ohne euch wäre all das hier nicht möglich.

ÜBER DIE AUTORIN

PIPER SHELLY mag blau lieber als grün, den Frühling lieber als den Winter und Schreiben lieber als alles andere auf der Welt. Es hilft ihr, so sagt sie, einer langweiligen Realität zu entfliehen und einzutauchen in ein Reich voll Abenteuer und Romantik. Selbst wenn sie mal nicht an einem neuen Roman arbeitet, findet man sie meist in einer ruhigen Ecke mit der Nase in einem Buch.
Mit 17 ist sie von Wien in das ruhige Oberösterreich gezogen und plant nun von dort aus ihre vielen Reisen rund um die Welt. Zwei ihrer liebsten Plätze sind Disneyland und die weiten Ebenen ihrer Fantasie.

Besuchen Sie Piper auf www.pipershelly.com